轻阅读书系

你我·标准与尺度

朱自清 著

北方联合出版传媒(集团)股份有限公司
万卷出版公司

图书在版编目（CIP）数据

你我·标准与尺度 / 朱自清著. -- 沈阳：万卷出版公司，2015.6（2023.5 重印）
（轻阅读）
ISBN 978-7-5470-3600-6

Ⅰ. ①你… Ⅱ. ①朱… Ⅲ. ①散文集 – 中国 – 现代 Ⅳ. ① I266

中国版本图书馆 CIP 数据核字 (2015) 第 068729 号

出 品 人：王维良
出版发行：北方联合出版传媒（集团）股份有限公司
万卷出版公司
（地址：沈阳市和平区十一纬路 29 号　邮编：110003）
印 刷 者：三河市双升印务有限公司
经 销 者：全国新华书店
幅面尺寸：150mm × 215mm
字　　数：143 千字
印　　张：13.75
出版时间：2015 年 6 月第 1 版
印刷时间：2023 年 5 月第 2 次印刷
责任编辑：胡　利
责任校对：张　莹
封面设计：王晓芳
内文制作：王晓芳
ISBN 978-7-5470-3600-6
定　　价：49.00 元
联系电话：024-23284090
传　　真：024-23284448

序言

年少读书，老师总以“生而有涯，学而无涯”相勉励，意思是知识无限而人生有限，我们少年郎更得珍惜时光好好学习。后来读书多了，才知庄子的箴言还有后半句：“以有涯随无涯，殆已！”顿感一代宗师的见识毕竟非一般学究夫子可比。

一代美学家、教育家朱光潜老先生也曾说：“书是读不尽的，就读尽也是无用。”理由是“多读一本没有价值的书，便丧失可读一本有价值的书的时间和精力”，可见“英雄所见略同”。

当代人的生活节奏越来越快，很多人感慨抽出时间来读书俨然成为一种奢侈。既然我们能够用来读书的时间越来越宝贵，而且实际上也并非每本书都值得一读，那么如何从浩瀚的书海中挑出真正适合自己的好书，就成为一项重要且必不可少的工作。于是，我们编纂了这套“轻阅读”书系，希望以一愚之得为广大书友们做一些粗浅的筛选工作。

本辑“轻阅读”主要甄选的是民国诸位大师、文豪的著作，兼选了部分同一时期“西学东渐”引入国内的外国名著。我们之所以选择这个时期的作品作为我们这套书系的第一辑，原因几乎是不言而喻的——这个时期是中国学术史上一个大时代，只有春秋战国等少数几个时代可以与之媲美，而且这个时代创造或引进的思想、文化、学术、文学至今对当代人还有着深远的影响。

当然，己所欲者，强施于人也是不好的，我们无意去做一个惹人生厌的、给人“填鸭”的酸腐夫子。虽然我们相信，这里面的每一本书都能撼动您的心灵，启发您的思想，但我们更信任读者您的自主判断，这么一大套书系大可不必读尽。若是功力不够，勉强读尽只怕也难以调和、消化。崇敬慷慨激昂的闻一多的读者未必也欣赏郁达夫的颓废浪漫；听完《猛回头》《警世钟》等铿锵澎湃的革命号角，再来朗读《翡冷翠的一夜》等“吴侬软语”也不是一个味儿。

读书是一件惬意的事，强制约束大不如随心所欲。偷得浮生半日闲，泡一杯清茶，拉一把藤椅，在家中阳光最充足的所在静静地读一本好书，聆听过往大师们穿越时空的凌云舒语，岂不快哉？

周志云

目录

你我

甲辑

乙辑

标准与尺度

你　我

甲辑

“海阔天空”与“古今中外”

有一天，我和一位新同事闲谈。我偶然问道：“你第一次上课，讲些什么？”他笑着答我，“我古今中外了一点钟！”他这样说明事实，且示谦逊之意。我从来不曾想到“古今中外”一个兼词可以作动词用，并且可以加上“了”字表时间的过去；骤然听了，很觉新鲜，正如吃刚上市的广东蚕豆。隔了几日，我用同样的问题问另一位新同事。他却说道：“海阔天空！海阔天空！”我原晓得“海阔从鱼跃，天空任鸟飞”的联语，——是在一位同学家的厅堂里常常看见的——但这样的用法，却又是第一次听到！我真高兴，得着两个新鲜的意思，让我对于生活的方法，能触类旁通地思索一回。

黄远生在《东方杂志》上曾写过一篇《国民之公毒》，说中国人思想笼统的弊病。他举小说里的例，文的必是琴棋书画无所不晓，武的必是十八般武艺件件精通！我想，他若举《野叟曝言》里的文素臣，《九尾龟》里的章秋谷，当更适宜，因为这两个都是文武全才！好一个文武“全”才！这“全”

字儿竟成了“国民之公毒”！我们自古就有那“博学无所成名”的“大成至圣先师”，又有“一物不知，儒者之耻”的传统的教训，还有那“谈天雕龙”的邹衍之流，所以流风余韵，扇播至今；大家变本加厉，以为凡是大好老必“上知天文，下识地理”，而“中学为体，西学为用”便是这大好老的另一面。“笼统”固然是“全”，“钩通”“调和”也正是“全”呀！“全”来“全”去，“全”得乌烟瘴气，一塌糊涂！你瞧西洋人便聪明多了，他们悄悄地将“全知”“全能”送给上帝，决不想自居“全”名；所以处处“算账”，刀刀见血，一点儿不含糊！——他们不懂得那八面玲珑的劲儿！

但是王尔德也说过一句话，貌似我们的公毒而实非；他要“吃尽地球花园里的果子”！他要享乐，他要尽量地享乐！他什么都不管！可是他是“人”，不像文素臣、章秋谷辈是妖怪；他是呆子，不像钩通中西者流是滑头。总之，他是反传统的。他的话虽不免夸大，但不如中国传统思想之甚；因为只说地而不说天。况且他只是“要”而不是“能”，和文素臣辈又是有别；“要”在人情之中，“能”便出人情之外了！“全知”，“全能”，或者真只有上帝一个；但“全”的要求是谁都有权利的——有此要求，才成其为“人生”！——还有易卜生“全或无”的“全”，那却是一把锋利的钢刀；因为是另一方面的，不具论。

但王尔德的要求专属于感觉的世界，我总以为太单调了。人生如万花筒，因时地的殊异，变化不穷，我们要能多方面的了解，多方面的感受，多方面的参加，才有真趣可言；古人所谓“胸襟”“襟怀”“襟度”，略近乎此。但“多方面”只是概括的要求：究竟能有若干方面，却因人的才力而异——我们只希望多多益善而已！这与传统的“求全”不同，“便是暗中摸索，也可知道吧”。这种胸襟——用此二字所能有的最广义——若要具体地形容，我想最好不过是采用我那两位新同事所说的：“海阔天空”与“古今中外”！我将这两个兼词用在积极的意义上，或者更对得起它们些。——“古今中外”原是骂人的话，初见于《新青年》上，是钱玄同（？）先生造作的。后来周作人先生有一篇杂感，却用它的积极的意义，大概是论知识上的宽容的；但这是两三年前的事了，我于那篇文的内容已模糊了。

法朗士在他的《灵魂之探险》里说：

> 人之永不能跳出己身以外，实一真理，而亦即吾人最大苦恼之一。苟能用一八方观察之苍蝇视线，观览宇宙，或能用一粗鲁而简单之猿猴的脑筋，领悟自然，虽仅一瞬，吾人何所惜而不为？乃于此而竟不能焉。……吾人被锢于一身之内，不啻被锢于永远监禁之中。（据杨袁昌英女士译文，见《太平洋》四卷四号。）

蔼理斯在他的《感想录》中《自己中心》一则里也说：

> 我们显然都从自己中心的观点去看宇宙，看重我们自己所演的脚色。（见《语丝》第十三期。）

这两种“说数”，我们可总称为“我执”——却与佛法里的

“我执”不同。一个人有他的身心，与众人各异；而身心所从来，又有遗传，时代，周围，教育等等，尤其五花八门，千差万别。这些合而织成一个“我”，正如密密的魔术的网一样；虽是无形，而实在是清清楚楚，不易或竟不可逾越的界。于是好的劣的，乖的蠢的，村的俏的，长的短的，肥的瘦的，各有各的样儿，都来了，都来了。“把戏人人会变，各有巧妙不同”；正因各人变各人的把戏，才有了这大千世界呀。说到各人只会变自己的一套把戏，而且只自以为巧妙，自然有些“可怜而可气”；“谓天盖高”，“谓地盖厚”，区区的“我”，真是何等区区呢！但是——哎呀，且住！亏得尚有“巧妙不同”一句注脚，还可上下其手一番；这“不同”二字正是灵丹妙药，千万不可忽略过去！我们的“我执”，是由命运所决定，其实无法挽回；只有一层，“我”决不是由一架机器铸出来的，决不是从一副印板刷下来的，这其间有种种的不同，上文已约略又约略地拈出了——现在再要拈出一种不同：“我”之广狭是悬殊的！“我执”谁也免不了，也无须免得了，但所执有大有小，有深有浅，这其间却大有文章；所谓上下其手，正指此一关而言。

你想“顶天立地”是一套把戏，是一个“我”，“局天踏地”，或说“局促如辕下驹”，如井底蛙，如磨坊里的驴子，也是一套把戏，也是一个“我”！这两者之间，相差有多少远呢？说得简截些，一是天，一是地；说得噜苏些，一是九霄，一是九渊；说得新鲜些，一是太阳，一是地球！世界上有些人读破万卷书，有些人游遍万里地，乃至达尔文之创进化说，恩斯坦之创相对原理；但也有些人伏处穷山僻壤，一生只关在家里，亲族邻里之外，不曾见过人，自己方言之外，不曾听过话——天球，地球，固然与他们无干，英国、德国、皇帝、总统、金镑、银洋，也与他们丝毫无涉！他们之所以异于磨坊的驴子者，真是“几希”！也只是蒙着眼，整天儿在屋里绕弯儿，日行千里，足不出户而已。你可以说，这两种人也只是一样，横直跳不出如来佛——“自己！”——的掌心；他们都坐在“自己”的监里，盘算着“自己”的重要呢！是的，但你知道这两种人决不会一样！你我跳不出如来佛的掌心，孙悟空也跳不出他老人家的掌心；但你我能翻十万八千里的筋斗么？若说不能，这就不一样了！“不能”尽管“不能”，“不同”仍旧“不同”呀。你想天地是怎样怎样的广大，怎样怎样的悠久！若用数字计算起来，只怕你画一整天的圈儿，也未必能将数目里所有的圈儿都画完哩！在这样的天地的全局里，地球已若一微尘，人更数不上了，只好算微尘之微尘吧！人是这样小，无怪乎只能在“自己”里绕圈儿。但是能知道“自己”的小，便是大了；最要紧是在小中求大！长子里的矮子到了矮子中，便是长子了，这便是小中之大。我们要做矮子中的长子，我们要尽其所能地扩大我们自己！我们还是变自己的把戏，但不仅自以为巧妙，还须自以为“比别人”巧妙；我们不但可在内地开一班小杂货铺，我们要到上海去开先施公司！

“我”有两方面，深的和广的。“自己中心”可说是深的一面；哲学家说的“自知”（“Knowest thyself”），道德学家说的“自私”——“利己”，也都可算入这一面。如何使得我的身子好？如何使得我的脑子好？我懂得些什么？我喜爱些什么？我做出些什么？我要些什么？怎样得到我所要的？怎样使我成为他们之中一个最重要的脚色？这一大串儿的疑问号，总可将深的“我”的面貌的轮廓说给你了；你再“自个儿”去内省一番，就有八九分数了。但你马上也就会发见，这深深的“我”并非独自个儿待着，它还有个亲亲儿的，热热儿的伴儿哩。它俩你搂着我，我搂着你；不知谁给它们缚上了两只脚儿！就像三足竞走一样，它俩这样永远地难解难分！你若要开玩笑，就说它俩“狼狈为奸”，它俩亦无法自辩的。——可又来！究竟这伴儿是谁呢？这就是那广的“我”呀！我不是说过么？知道世界之大，才知道自己之小！所以“自知”必先要“知他”。兵法有云：“知己知彼，百战百胜。”可以旁证此理。原来“我”即在世界中；世界是一张无大不大的大网，“我”只是一个极微极微的结子；一发尚且会牵动全身，全网难道倒不能牵动一个细小的结子么？实际上，“我”是“极天下之赜”的！“自知”而不先“知他”，只是聚在方隅，老死不相往来的办法；只是“不可以语冰”的“夏虫”，井底蛙，磨坊里的驴子之流而已。能够“知他”，才真有“自知之明”；正如铁扇公主的扇子一样，要能放才能收呀。所知愈多，所接愈广；将“自己”散在天下，渗入事事物物之中看它的大小方圆，看它的轻重疏密，这才可以剖析毫芒地渐渐渐渐地认出“自己”的真面目呀。俗语说：“把你烧成了灰，我都认得你！”我们正要这样想：先将这个“我”一拳打碎了，碎得成了灰，然后随风飏举，或飘茵席之上，或堕溷厕之中，或落在老鹰的背上，或跳在珊瑚树的梢上，或藏在爱人的鬓边，或沾在关云长的胡子里，……然后再收灰入掌，抟灰成形，自然便须眉毕现，光采照人，不似初时“浑沌初开”的情景了！所以深的“我”即在广的“我”中，而无深的“我”，广的“我”亦无从立脚；这是不做矮子，也不吹牛的道地老实话，所谓有限的无穷也。

在有限中求无穷，便是我们所能有的自由。这或者是“野马以被骑乘的自由为更多”的自由，或者是“和猪有飞的自由一样”；但自由总和不自由不同，管他是白的，是黑的！说“猪有飞的自由”，在半世纪前，正和说“人有飞的自由”一样。但半世纪后的我们，已可见着自由飞着的人了，虽然还是要在飞机或飞艇里。你或者冷笑着说，有所待而然！有所待而然！至多仍旧是“被骑乘的自由”罢了！但这算什么呢？鸟也要靠翼翅的呀！况且还有将来呢，还有将来的将来呢！就如上文所引法朗士的话：“倘若我们能够一刹那间用了苍蝇的多面的眼睛去观察天地……”目下诚然是做不到的，但竟有人去企图了！我曾见过一册日本文的书，——记得是《童谣の缀方》，卷首有一幅彩图，下面题着《苍蝇眼中的世界》（大意）。图中所有，极其光怪陆离；虽明知苍蝇眼中未必即是如此，而颇信其如此——自己仿佛飘飘然也成了一匹小小的苍蝇，陶醉在那奇异的世界中了！这样前去，谁能说法朗士的“倘若”永不会变成“果然”呢！——“语丝”拉得太长了，总而言之，统而言之，我们只是要变比别人巧妙的把戏，只是要到上海去开先施公司；这便是我们所能有的自由。“秀才不出门，能知天下事。”这种或者稍嫌旧式的了；那么，来个新的，“看世界面上”，我们来做个“世界民”吧——“世界民”（Cosmopolitan）者，据我的字典里说，是“无定居之人”，又有“弥漫全世界”，“世界一家”等义；虽是极简单的解释，我想也就够用，恕不再翻那笨重的大字典了。

我“海阔天空”或“古今中外”了九张稿纸；尽绕着圈儿，你或者有些“头痛”吧？“只听楼板响，不见人下来！”你将疑心开宗明义第一节所说的“生活的方法”，我竟不曾“思索”过，只冤着你，“青山隐隐水迢迢”地逗着你玩儿！不！别着急，这就来了也。既说“海阔天空”与“古今中外”，又要说什么“方法”，实在有些儿像左手往外推，右手又赶着往里拉，岂不可笑！但古语说得好，“大丈夫能屈能伸”，我正可老着脸借此解嘲；况且一落言诠，总有边际，你又何苦斤斤较量呢？况且“方法”虽小，其中也未尝无大；这也是所谓“有限的无穷”也。说到“无穷”，真使我为难！方法也正是千头万绪，比“一部十七史”更难得多多；虽说“大处着眼，小处下手”，但究竟从何处下手，却着实费我踌躇！——有了！我且学着那李逵，从黑松林里跳了出来，挥动板斧，随手劈他一番便了！我就是这个主意！李逵决非吴用；当然不足语于丝丝入扣的谨严的论理的！但我所说的方法，原非斗胆为大家开方案，只是将我所喜欢用的东西，献给大家看看而已。这只是我的“到自由之路”，自然只是从我的趣味中寻出来的；而在大宇长宙之中，无量数的“我”之内，区区的我，真是何等区区呢？而且我“本人”既在企图自己的放大，则他日之趣味，是否即今日之趣味，也殊未可知。所以此文也只是我姑妄言之，你姑妄听之；但倘若看了之后，能自己去思索一番，想出真个巧妙的方法，去做个“海阔天空”与“古今中外”的人，那时我虽觉着自己更是狭窄，非另打主意不可，然而总很高兴了；我将仰天大笑，到草帽从头上落下为止。

其实关于所谓“方法”，我已露过些口风了：“我们要能多方面的了解，多方面的感受，多方面的参加，才有真趣可言。”

我现在做着教书匠。我做了五年教书匠了，真个腻得慌！黑板总是那样黑，粉笔总是那样白，我总是那样的我！成天儿浑淘淘的，有时对于自己的活着，也会惊诧。我想我们这条生命原像一湾流水，可以随意变成种种的花样；现在却筑起了堰，截断它的流，使它怎能不变成浑淘淘呢？所以一个人老做一种职业，老只觉着是“一种”职业，那真是一条死路！说来可笑，我是常常在想改业的；正如未来派剧本说的“换个丈夫吧”，我也不时地提着自己，“换个行当吧！”我不想做官，但很想知道官是怎样做的。这不是一件容易事！《官场现形记》所形容的究竟太可笑了！况且现在又换了世界！《努力周刊》的记者在王内阁时代曾引汤尔和——当时的教育总长——的话：“你们所论的未尝无理；但我到政府里去看看，全不是那么一回事！”（大意）“全不是那么一回事！”可见不入虎穴，焉得虎子！我于是想做个秘书，去看看官到底是怎样做的？因秘书而想到文书科科员：我想一个人赚了大钱，成了资本家，不知究竟是怎样活着的？最要紧，他是怎样想的？我们只晓得他有汽车，有高大的洋房，有姨太太，那是不够的。——由资本家而至于小伙计，他们又怎样度他们的岁月？银行的行员尽爱买马票，当铺的朝奉尽爱在夏天打赤膊——其余的，其余的我便有些茫茫了！我们初到上海，总要到大世界去一回。但上海有个五光十色的商世界，我们怎可不去逛逛呢？我于是想做个什么公司里的文书科科员，尝些商味儿。上海不但有个商世界，还有个新闻世界。我又想做个新闻记者，可以多看些希奇古怪的人，希奇古怪的事。此外我想做的事还多！戴着龌龊的便帽，穿着蓝布衫裤的工人，拖着黄泥腿，衔着旱烟管的农人，抗着枪的军人，我都想做做他们的生活看。可是谈何容易；我不是上帝，究竟是没有把握的！这些都是非分的妄想，岂不和癞蛤蟆想吃天鹅肉一样！——话虽如此；"不问收获，只问耕耘"，也未尝不是一种解嘲的办法。况且退一万步讲，能够这样想想，也未尝没有淡淡的味儿，和"加力克"香烟一样的味儿。况且我们的上帝万一真个吝惜他的机会，我也想过了：我从今日今时起，努力要在"黑白生涯"中找寻些味儿，不像往日随随便便地上课下课，想来也是可以的！意大利 Amicis 的《爱的教育》里说有一位先生，在一个小学校里做了六十年的先生；年老退职之后，还时时追忆从前的事情：一闭了眼，就像有许多的孩子，许多的班级在眼前；偶然听到小孩的书声，便悲伤起来，说："我已没有学校没有孩子了！"可见天下无难事，只怕有心人！但我一面羡慕这位可爱的先生，一面总还打不断那些妄想；我的心不是一条清静的荫道，而是十字街头呀！

我的妄想还可以减价；自己从不能做"诸色人等"，却可以结交“诸色人等”的朋友。从他们的生活里，我也可以分甘共苦，多领略些人味儿；虽然到底不如亲自出马的好。《爱的教育》里说：“只在一阶级中交际的人，恰和只读一册书籍的学生一样。”真是“有理呀有理”！现在的青年，都喜欢结识几个女朋友；一面固由于性的吸引，一面也正是要润泽这干枯而单调的生活。我的一位先生曾经和我们说：他有一位朋友，新从外国回到北京；待了一个多月，总觉有一件事使他心里不舒畅，却又说不出是什么事。后来有一天，不知怎样，竟被他发见了：原来北京的街上大缺乏女人！他觉得这样的生活，实在干燥无味！但单是女朋友，我觉得还是不够；我又常想结识些小孩子，做我的小朋友。有人说和孩子们作伴，和孩子们共同生活，会使自己也变成一个孩子，一个大孩子；所以小学教师是不容易老的。这话颇有趣，使我相信。我去年上半年和一位有着童心的朋友，曾约了附近一所小学校的学生，开过几回同乐会；大家说笑话，讲故事，拍七，吃糖果，看画片，都很高兴的。后来暑假期到了，他们还抄了我们的地址，说要和我们通信呢。不但学龄儿童可以做我的朋友，便是幼稚园里的也可以的，而且更加有趣哩。且请看这一段：

> 终于，母亲逃出了庭间了。小孩们追到栏栅旁，脸挡住了栅缝，把小手伸出，纷纷地递出面包呀，苹果片呀，牛油块等东西来。一齐叫说：
>
> “再会，再会！明天再来，再请过来！”（见《爱的教育》译本第七卷内《幼儿院》中。）

倘若我有这样的小朋友，我情愿天天去呀！此外，农人，工人，也要相与些才好。我现在住在乡下，常和邻近的农人谈天，又曾和他们喝过酒，觉得另有些趣味。我又晓得在北京，上海的我的朋友的朋友，每天总找几个工人去谈天；我且不管他们谈的什么，只觉每天换几个人谈谈，是很使人新鲜的。若再能交结几个外国朋友，那是更别致了。从前上海中华世界语学会教人学世界语，说可以和各国人通信；后来有人非议他们，说世界语的价值岂就是如此的！非议诚然不错。但与各国人通信，到底是一件有趣的事呀！——还有一件，自己的妻和子女，若在别一方面作为朋友看时，也可得着新的启示的。不信么？试试看！

若你以为阶级的障壁不容易打破，人心的隔膜不容易揭开；你于是皱着眉，咂着嘴，说："要这样地交朋友，真是千难万难！"是的；但是——你太小看自己了，哪里就这样地不济事！也罢，我还有一套便宜些的变给你瞧瞧；这就叫做"知人"呀。交不着朋友是没法的，但晓得些别人的"闲事"，总可以的；只须不尽着去自扫门前雪，而能多管些一般人所谓"闲事"，就行了。我所谓"多管闲事"，其实只是"参加"的别名。譬如前次上海日本纱厂工人大罢工，我以为是要去参加的；或者帮助他们，或者只看看那激昂的实况，都无不可。总之，多少知道了他们，使自己与他们间多少有了关系，这就得了。又如我的学生和报馆打官司，我便要到法庭里去听审；这样就可知道法官和被告是怎样的人了。又如吴稚晖先生，我本不认识的；但听过他的讲演，读过他的书，我便能约略晓得他了。——读书真是巧算盘！不但可以知今人，且可以知古人；不但可以知中国人，且可以知洋人。同样的巧算盘便是看报！看报可以遇着许多新鲜的问题，引起新鲜的思索。譬如共产党加入国民党，究竟是利用呢，还是联合作战呢？孙中山先生若死在“段执政”自己夸诩的“革命”之前，曹锟当国的时候，一班大人，老爷，绅士乃至平民，会不会（姑不说“敢不敢”）这样“热诚地”追悼呢？黄色的班禅在京在沪，为什么也会受着那样“热诚的”欢迎呢？英国退还庚子赔款，始而说“用于教育的目的”，继而说“用于相互有益之目的”，——于是有该国的各工业联合会建议，痛斥中国教育之无效，主张用此款筑路——继而又说用于中等教育；真令人目迷五色，到底他们什么葫芦里卖什么药呢？德国新总统为什么会举出兴登堡将军，后事又如何呢？还有，“一夫多妻的新护符”和“新性道德”究竟是一是二呢？欧阳予倩的《回家以后》，到底是不是提倡东方道德呢？——这一大篇帐都是从报上“过”过来的，毫不稀奇；但可以证明，看报的确是最便宜的办法，可以知道许多许多的把戏。

旅行也是刷新自己的一帖清凉剂。我曾做过一个设计：四川有三峡的幽峭，有栈道的蜿蜒，有峨嵋的雄伟，我是最向慕的！广东我也想去得长久了。乘了香港的上山电车，可以“上天”；而广州的市政，长堤，珠江的繁华，也使我心痒痒的！由此而北，蒙古的风沙，的牛羊，的天幕，又在招邀着我！至于红墙黄土的北平，六朝烟水气的南京，先施公司的上海，我总算领略过了。这样游了中国以后，便跨出国门：到日本看她的樱花，看她的富士；到俄国看列宁的墓，看第三国际的开会；到德国访康德的故居，听《月光曲》的演奏；到美国瞻仰巍巍的自由神和世界第一的大望远镜。再到南美洲去看看那莽莽的大平原，到南非洲去看看那茫茫的大沙漠，到南洋群岛去看看那郁郁的大森林——于是浩然归国；若有机缘，再到北极去探一回险，看看冰天雪海，到底如何，那更妙了！梁绍文说得有理：

> 我们不赞成别人整世的关在一个地方而不出来和世界别一部分相接触，倘若如此，简直将数万里的地球缩小到数英哩，关在那数英里的圈子内就算过了一生，这未免太不值得！所以我们主张：能够遍游全世界，将世界上的事事物物都放在脑筋里的炽炉中锻炼一过，然后才能成为一种正确的经验，才算有世界的眼光。（《南洋旅行漫记》上册二五三页。）

但在一钱不名的穷措大如我辈者，这种设计恐终于只是"过屠门而大嚼"而已；又怎样办呢？我说正可学胡、梁二先生开国学书目的办法，不妨随时酌量核减；只看能力如何。便是真个不名一钱，也非全无法想。听说日本的谁，因无钱旅行，便在室中绕着圈儿，口里只是叫着，某站到啦，某埠到啦；这样也便过了瘾。这正和孩子们搀瞎子一样：一个蒙了眼做瞎子，一个在前面用竹棒引着他，在室中绕行；这引路的尽喊着到某处啦，到某处啦的口号，彼此便都满足。正是，精神一到，何事不成！这种人却决非磨坊里的驴子；他们的足虽不出户，他们的心尽会日行千里的！

说到心的旅行，我想到《文心雕龙·神思篇》说的：

古人云："形在江海之上，心存魏阙之下。"神思之谓也。……故寂然凝虑，思接千载；悄然动容，视通万里……

罗素论"哲学的价值"，也说：

保存宇宙内的思辨（玄想）之兴趣，……总是哲学事业的一部。

或者它的最要之价值，就是它所潜思的对象之伟大，结果，便解脱了偏狭的和个人的目的。

哲学的生活是幽静的，自由的。

本能利益的私世界是一个小的世界，搁在一个大而有力的世界中间，迟早必把我们私的世界，磨成粉碎。

我们若不扩大自己的利益，汇涵那外面的整个世界，就好像一个兵卒困在炮台里边，知道敌人不准逃跑，投降是不可避免的一样。

哲学的潜思就是逃脱的一种法门。（摘抄黄凌霜译《哲学问题》第十五章）

所谓神思，所谓玄想之兴味，所谓潜思，我以为只是三位一体，只是大规模的心的旅行。心的旅行决不以现有的地球为限！到火星去的不是很多么？到太阳去的不也有么？到太阳系外，和我们隔着三十万光年的星上去的不也有么？这三十万光年，是美国南加州威尔逊山绝顶上，口径百英寸之最大反射望远镜所能观测的世界之最远距离。“换言之，现在吾人一目之下所望见之世界，不仅现在之世界而已，三十余万年之大过去以来，所有年代均同时见之。历史家尝谓吾人由书籍而知过去，直忘却吾人能直接而见过去耳。”吾人固然能直接而见过去，由书籍而见过去，还能由岩石地层等而见过去，由骨殖化石等而见过去。目下我们所能见的过去，真是悠久，真是伟大！将现在和它相比，真是大海里一根针而已！姑举一例：德国的谁假定地球的历史为二十四点钟，而人类有历史的时期仅为十分钟；人类有历史已五千年了，一千年只等于二分钟而已！一百年只等于十二秒钟而已！十年只等于一又十分之二秒而已！这还是就区区的地球而论呢。若和全宇宙的历史（人能知道么？）相较量，那简直是不配！又怎样办呢？但毫不要紧！心尽可以旅行到未曾凝结的星云里，到大爬虫的中生代，到类人猿的脑筋里；心究竟是有些儿自由的。不过旅行要有向导；我觉《最近物理学概观》，《科学大纲》，《古生物学》，《人的研究》等书都很能胜任的。

心的旅行又不以表面的物质世界为限！它用实实在在的一支钢笔，在实实在在的白瑞典纸簿上一张张写着日记；它马上就能看出钢笔与白纸只是若干若干的微点，叫做电子的——各电子间有许多的空隙，比各电子的总积还大。这正像一张“有结而无线的网”，只是这么空空的；其实说不上什么“一支”与“一张张”的！这么看时，心便旅行到物质的内院，电子的世界了。而老的物质世界只有三根台柱子（三次元），现在新的却添上了一根（四次元）；心也要去逛逛的。

心的旅行并且不以物质世界为限！精神世界是它的老家，不用说是常常光顾的。意识的河流里，它是常常驶着一只小船的。但这个年头儿，世界是越过越多了。用了坐标轴作地基，竖起方程式的柱子，架上方程式的梁，盖上几何形体的瓦，围上几何形体的墙，这是数学的世界。将各种“性质的共相”（如“白”“头”等概念）分门别类地陈列在一个极大的弯弯曲曲，层层叠叠的场上；在它们之间，再点缀着各种“关系的共相”（如“大”“类似”“等于”等概念）。这是论理的世界。将善人善事的模型和恶人恶事的分门别类陈列着的，是道德的世界。但所谓“模型”，却和城隍庙所塑“二十四孝”的像与十王殿的像绝不相同。模型又称规范，如“正义”，“仁爱”，“奸邪”等是——只是善恶的度量衡也；道德世界里，全摆着大大小小的这种度量衡。还是艺术的世界，东边是音乐的旋律，西边是跳舞的曲线，南边是绘画的形色，北边是诗歌的情韵。——心若是好奇的，它必像唐三藏经过三十六国一样，一一经过这些国土的。

更进一步说，心的旅行也不以存在的世界为限！上帝的乐园，它是要去的；阎罗的十殿，它也是要去的。爱神的弓箭，它是要看看的；孙行者的金箍棒，它也要看看的。总之，神话的世界，它要穿上梦的鞋去走一趟。它从神话的世界回来时，便道又可游玩童话的世界。在那里有苍蝇目中的天地，有永远不去的春天；在那里鸟能唱歌，水也能唱歌，风也能唱歌；在那里有着靴的猫，有在背心里掏出表来的兔子；在那里有水晶的宫殿，带着小白翼子的天使。童话的世界的那边，还有许多邻国，叫做乌托邦，它也可迂道一往观的。姑举一二给你看看。你知道吴稚晖先生是崇拜物质文明的，他的乌托邦自然也是物质文明的。他说，将来大同世界实现时，街上都该铺大红缎子。他在春晖中学校讲演时，曾指着“电灯开关”说：

> 科学发达了，我们讲完的时候，啤啼叭哒几声，要到房里去的就到了房里，要到宁波的就到了宁波，要到杭州的就到了杭州：这也算不来什么奇事。（见《春晖》二十九期。）

呀！啤啼叭哒几声，心已到了铺着大红缎子的街上了！——若容我借了法朗士的话来说，这些正是“灵魂的冒险”呀。

上面说的都是“大头天话”，现在要说些小玩意儿，新新耳目，所谓能放能收也。我曾说书籍可作心的旅行的向导，现在就谈读书吧。周作人先生说他目下只想无事时喝点茶，读点新书。喝茶我是无可无不可，读新书却很高兴！读新书有如幼时看西洋景，一页一页都有活鲜鲜的意思；又如到一个新地方，见一个新朋友。读新出版的杂志，也正是如此，或者更闹热些。读新书如吃时鲜鲥鱼，读新杂志如到惠罗公司去看新到的货色。我还喜欢读冷僻的书。冷僻的书因为冷僻的缘故，在我觉着和新书一样；仿佛旁人都不熟悉，只我有此眼福，便高兴了。我之所以喜欢搜阅各种笔记，就是这个缘故。尺牍，日记等，也是我所爱读的；因为原是随随便便，老老实实地写来，不露咬牙切齿的样子，便更加亲切，不知不觉将人招了入内。同样的理由，我爱读野史和逸事；

在它们里，我见着活泼泼的真实的人。——它们所记，虽祇一言一动之微，却包蕴着全个的性格；最要紧的，包蕴着与众不同的趣味。旧有的《世说新语》，新出的《欧美逸话》，都曾给我满足。我又爱读游记；这也是穷措大替代旅行之一法，从前的雅人叫做“卧游”的便是。从游记里，至少可以“知道”些异域的风土人情；好一些，还可以培养些异域的情调。前年在温州师范学校图书馆中，翻看《小方壶斋舆地丛钞》的目录，里面全（？）是游记，虽然已是过时货，却颇引起我的向往之诚。“这许多好东西哟！”尽这般地想着；但终于没有勇气去借来细看，真是很可恨的！后来《徐霞客游记》石印出版，我的朋友买了一部，我又欲读不能！近顷《南洋旅行漫记》和《山野掇拾》出来了，我便赶紧买得，复仇似地读完，这才舒服了。我因为好奇，看报看杂志，也有特别的脾气。看报我总是先看封面广告的。一面是要找些新书，一面是要找些新闻；广告里的新闻，虽然是不正式的，或者算不得新闻，也未可知，但都是第一身第二身的，有时比第三身的正文还值得注意呢。譬如那回中华制糖公司董事的互讦，我看得真是热闹煞了！又如“印送安士全书”的广告，“读报至此，请念三声阿弥陀佛”的广告，真是“好聪明的湖涂法子”！看杂志我是先查补白，好寻着些轻松而隽永的东西：或名人的趣语，或当世的珍闻，零金碎玉，更见异彩！——请看“二千年前玉门关外一封情书”，“时新旦角戏”等标题，便知分晓。

我不是曾恭维看报么？假如要参加种种趣味的聚会，那也非看报不可。譬如前一两星期，报上登着世界短跑家要在上海试跑；我若在上海，一定要去看看跑是如何短法？又如本月十六日上海北四川路有洋狗展览会，说有四百头之多；想到那高低不齐的个儿，松密互映，纯驳争辉的毛片，或嘤嘤或呜呜或汪汪的吠声，我也极愿意去的。又我记得在《上海七日刊》（？）上见过一幅法国儿童同乐会的摄影。摄影中济济一堂的满是儿童——这其间自然还有些抱着的母亲，领着的父亲，但不过二三人，容我用了四舍五入法，将他们略去吧。那前面的几个，丰腴圆润的庞儿，覆额的短发，精赤的小腿，我现在还记着呢。最可笑的，高高的房子，塞满了这些儿童，还空着大半截，大半截；若塞满了我们，空气一定是没有那么舒服的，便宜了空气了！这种聚会不用说是极使我高兴的！只是我便在上海，也未必能去；说来可恨恨！这里却要引起我别的感慨，我不说了。此外如音乐会，绘画展览会，我都乐于赴会的。四年前秋天的一个晚上，我曾到上海市政厅去听"中西音乐大会"；那几支广东小调唱得真入神，靡靡是靡靡到了极点，令人欢喜赞叹！而歌者隐身幕内，不露一丝色相，尤动人无穷之思！绘画展览会，我在北京，上海也曾看过几回。但都像走马看花似的，不能自知冷暖——我真是太外行了，只好慢慢来吧。我却最爱看跳舞。五六年前的正月初三的夜里，我看了一个意大利女子的跳舞：黄昏的电灯光映着她裸露的微红的两臂，和游泳衣似的粉红的舞装；那腰真软得可怜，和麦粉搓成的一般。她两手擎着小小的钹，钱孔里拖着深红布的提头；她舞时两臂不住地向各方扇动，两足不住地来往跳跃，钹声便不住地清脆地响着——她舞得如飞一样，全身的曲线真是瞬息万变，转转不穷，如闪电吐舌，如星星眨眼；使人目眩心摇，不能自主。我看过了，怅然若失！从此我便喜欢跳舞。前年暑假时，我到上海，刚碰着卡尔登影戏院开演跳舞片的末一晚，我没有能去一看。次日写信去“特烦”，却如泥牛入海；至今引为憾事！我在北京读书时，又颇爱听旧戏；因为究竟是“外江”人，更爱听旦角戏，尤爱听尚小云的戏，——但你别疑猜，我却不曾用这支笔去捧过谁。我并不懂戏词，甚至连情节也不甚仔细，只爱那宛转凄凉的音调和楚楚可怜的情韵。我在理论上也左袒新戏，但那时的北京实在没有可称为新戏的新戏给我看；我的心也就渐渐冷了。南归以后，新戏固然和北京是“一丘之貉”，旧戏也就每况愈下，毫无足观。我也看过一回机关戏，但只足以广见闻，无深长的趣味可言。直到去年，上海戏剧协社演《少奶奶的扇子》，朋友们都说颇有些意思——在所曾寓目的新戏中，这是得未曾有的。又实验剧社演《葡萄仙子》，也极负时誉；黎明晖女士所唱“可怜的秋香”一句，真是脍炙人口——便是不曾看过这戏的我，听人说了此句，也会有“一种薄醉似的感觉，超乎平常所谓舒适以上”。——《少奶奶的扇子》，我也还无一面之缘——真非到上海去开先施公司不可！上海的朋友们又常向我称述影戏；但我之于影戏，还是“猪八戒吃人参果”呢！也只好慢慢来吧。说起先施公司，我总想起惠罗公司。我常在报纸的后幅看见他家的广告，满幅画着新货色的图样，真是日本书店里所谓“诱惑状”了。我想若常去看看新货色，也是一乐。最好能让我自由地鉴赏地看一回；心爱的也不一定买来，只须多多地，重重地看上几眼，便可权当占有了——朋友有新东西的时候，我常常把玩不肯释手，便是这个主意。

若目下不能到上海去开先施公司，或到上海而无本钱去开先施公司，则还有个经济的办法，我现在正用着呢。不过这种办法，便是开先施公司，也可同时采用的；因为我们原希望“多多益善”呀。现在我所在的地方，是没有绘画展览会；但我和人家借了左一册右一册的摄影集，画片集，也可使我的眼睛饱餐一顿。我看见“群羊”，在那淡远的旷原中，披着乳一样白，丝一样软的羽衣的小东西，真和浮在浅浅的梦里的仙女一般。我看见“夕云”，地上是疏疏的树木，偃蹇欹侧作势，仿佛和天上的乱云负固似的；那云是层层叠叠的，错错落落的，斑斑驳驳的，使我觉得天是这样厚，这样厚的！我看见“五月雨”，是那般蒙蒙密密的一片，三个模糊的日本女子，正各张着有一道白圈儿的纸伞，在台阶上走着，走上一个什么坛去呢；那边还有两个人，却只剩了影儿！我看见“现在与未来”；这是一个人坐着，左手托着一个骷髅，两眼凝视着，右手正支颐默想着。这还是摄影呢，画片更是美不胜收了！弥爱的《晚祷》是世界的名作，不用说了。意大利 Gino 的名画《跳舞》，满是跃着的腿儿，牵着的臂儿，并着的脸儿；红的，黄的，白的，蓝的，黑的，一片片地飞舞着——那边还攒动着无数的头呢。是夜的繁华哟！是肉的薰蒸哟！还有日本中泽弘光的《夕潮》：红红的落照轻轻地涂在玲珑的水阁上；阁之前浅蓝的潮里，伫立着白衣编发的少女，伴着两只夭娇的白鹤；她们因水光的映射，这时都微微地蓝了；她只扭转头凝视那斜阳的颜色。又椎塚猪知雄的《花》，三个样式不同，花色互异的精巧的瓶子，分插着红白各色的，大的小的鲜花，都丰丰满满的。另有一个细长的和一个荸荠样的瓶子，放在三个大瓶之前和之间；一高一矮，甚是别致，也都插着鲜花，只一瓶是小朵的，一瓶是大朵的。我说的已多了——还有图案画，有时带着野蛮人和儿童的风味，也是我所爱的。书籍中的插画，偶然也有很好的；如什么书里有一幅画，显示惠士敏斯特大寺的里面，那是很伟大的——正如我在灵隐寺的高深的大殿里一般。而房龙《人类的故事》中的插画，尤其别有心思，马上可以引人到他所画的天地中去。

我所在的地方，也没有音乐会。幸而有留声机，机片里中外歌曲乃至国语唱歌都有；我的双耳尚不至大寂寞的。我或向人借来自开自听，或到别人寓处去听，这也是“揩油”之一道了。大约借留声机，借画片，借书，总还算是雅事，不至像借钱一样，要看人家脸孔的（虽然也不免有例外）；所以有时竟可大大方方地揩油。自然，自己的油有时也当大大方方地被别人揩的。关于留声机，北平有零卖一法。一个人背了话匣子（即留声机）和唱片，沿街叫卖；若要买的，就喊他进屋里，让他开唱几片，照定价给他铜子——唱完了，他仍旧将那话匣子等用蓝布包起，背了出门去。我们做学生时，每当冬夜无聊，常常破费几个铜子，买他几曲听听：虽然没有佳片，却也算消寒之一法。听说南方也有做这项生意的人。——我所在的地方，宁波是其一。宁波S中学现有无线电话收音机，我很想去听听大陆报馆的音乐。这比留声机又好了！不但声音更是亲切，且花样日日翻新；二者相差，何可以道里计呢！除此以外，朋友们的箫声与笛韵，也是很可过瘾的；但这看似易得而实难，因为好手甚少。我从前有一位朋友，吹箫极悲酸幽抑之致，我最不能忘怀！现在他从外国回来，我们久不见面，也未写信，不知他还能来一点儿否？

内地虽没有惠罗公司，却总有古董店，尽可以对付一气。我们看看古磁的细润秀美，古泉币的陆离斑驳，古玉的丰腴有泽，古印的肃肃有仪，胸襟也可豁然开朗。况内地更有好处，为五方杂处，众目具瞻的上海等处所不及的；如花木的趣味，盆栽的趣味便是。上海的匆忙使一般人想不到白鸽笼外还有天地；花是怎样美丽，树是怎样青青，他们似乎早已忘怀了！这是我的朋友郢君所常常不平的。“暮春三月，江南草长，杂花生树，群莺乱飞。”——这在上海人怕只是一场春梦吧！像我所在的乡间：芊芊的碧草踏在脚上软软的，正像吃樱花糖；花是只管开着，来了又去，来了又去——杨贵妃一般的木笔，红着脸的桃花，白着脸的绣球……好一个“香遍满，色遍满的花儿的都”呀！上海是不容易有的！我所以虽向慕上海式的繁华，但也不舍我所在的白马湖的幽静。我爱白马湖的花木，我爱S家的盆栽——这其间有诗有画，我且说给你。一盆是小小的竹子，栽在方的小白石盆里；细细的干子疏疏地隔着，疏疏地叶子淡淡地撇着，更点缀上两三块小石头；颇有静远之意。上灯时，影子写在壁上，尤其清隽可亲。另一盆是棕竹，瘦削的干子亭亭地立着；下部是绿绿的，上部颇劲健地坼着几片长长的叶子，叶根有细极细极的棕丝网着。这像一个丰神俊朗而蓄着微须的少年。这种淡白的趣味，也自是天地间不可少的。

天地间还有一种不可少的趣味，也是简便易得到的，这是“谈天”。——普通话叫做“闲谈”；但我以“谈天”二字，更能说出那“闲旷”的味儿！傅孟真先生在《心气薄弱之中国人》一评里，引顾宁人的话，说南方之学者，“群居终日，言不及义”；北方之学者，“饱食终日，无所用心”。他说“到了现在已经二百多年了，这评语仍然是活泼泼的”。“谈天”大概也只能算“不及义”的言；纵有“及义”的时候，也只是偶然碰到，并非立意如此。若立意要“及义”，那便不是“谈天”而是“讲茶”了。“讲茶”也有“讲茶”的意思，但非我所要说。“终日言不及义”，诚哉是无益之事；而且岂不疲倦？“舌敝唇焦”，也未免“穷斯滥矣”！不过偶尔“茶余酒后”，“月白风清”，约两个密友，吸着烟卷儿，尝着时新果子，促膝谈心，随兴趣之所至。时而上天，时而入地，时而论书，时而评画，时而纵谈时局，品鉴人伦，时而剖析玄理，密诉衷曲……等到兴尽意阑，便各自回去睡觉；明早一觉醒来，再各奔前程，修持“胜业”，想也不致耽误的。或当公私交集，身心俱倦之后，约几个相知到公园里散散步，不愿散步时，便到绿荫下长椅上坐着；这时作无定向的谈话，也是极有意味的。至于“‘辟克匿克’来江边”，那更非“谈天”不可！我想这种“谈天”，无论如何，总不能算是大过吧。人家说清谈亡了晋朝，我觉得这未免是栽赃的办法。请问晋人的清谈，谁为为之？孰令致之？——这且不说，我单觉得清谈也正是一种“生活之艺术”，只要有节制。有的如针尖的微触，有的如剪刀的一断；恰像吹皱一池春水，你的心便会这般这般了。“谈天”本不想求其有用，但有时也有大用；英哲洛克（Locke）的名著《人间悟性论》中述他著书之由——说有一日，与朋友们谈天，端绪愈引而愈远，不知所从来，也不知所届；他忽然惊异：人知的界限在何处呢？这便是他的大作最初的启示了。——这是我的一位先生亲口告诉我的。

我说海说天，上下古今谈了一番，自然仍不曾跳出我佛世尊——自己——的掌心，现在我还是卷旗息鼓，“回到自己的灵魂”吧。自己有今日的自己，有昨日的自己，有北京时的自己，有南京时的自己，有在父母怀抱中的自己……乃至一分钟有一个自己，一秒钟有一个自己。每一个自己无论大的，小的，都各提挈着一个世界，正如旅客带着一只手提箱一样。各个世界，各个自己之不相同，正如旅客手提箱里所装的东西之不同一样。各个自己与它所提挈的世界是一个大大的联环，决不能拆开的。譬如去年十月，我正仆仆于轮船火车之中。我现在回想那时的我，第一不能忘记的，是江浙战争；第二便是国庆。因战争而写来的父亲的岳父的信，一页页在眼前翻过；因战争而搬家的人，一阵阵在面前走过；眼看学校一日日挨下去，直到关门为止。念头忽然转弯：林纾死了，法朗士死了；国际联盟第五届大会也闭幕了！……正如水的漪涟一样，一圈一圈地尽管晕开去，可以至于非常之多。只区区一个月的我，所提挈的已这样多，则积了三百几十个月的我，所提挈的当有无穷！要算起帐来，倒是“大笔头”呢！若有那样细心，再把月化为日，日化为时，时化为分秒，我的世界当更不了不了！这其间有吃的，有睡的，有玩的，有笑的，有哭的，有糊涂的，有聪明的……若能将它们陈列起来，必大有意思；若能影戏片似地将它们摇过去，那更有意思了！人总有念旧之情的。我的一个朋友回到母校作教师的时候，偶然在故纸堆中翻到他十四岁时投考该校的一张相片，便爱它如儿子。我们对于过去的自己，大都像嚼橄榄一样，总有些儿甜的。我们依着时光老人的导引，一步步去温寻已失的自己；这走的便是“忆之路”。在“忆之路”上，愈走得远，愈是有味；因苦味渐已蒸散而甜味却还留着的缘故。最远的地方是“儿时”，在那里只有一味极淡极淡的甜；所以许多人都惦记着那里。这“忆之路”是颇长的，也是世界上一条大路。要成为一个自由的“世界民”，这条路不可不走走的。

我的把戏变完了——咳！多么贫呢！我总之羡慕齐天大圣；他虽也跳不出佛爷的掌心，但到底能翻十万八千里的筋斗，又有七十二变化的！

十四年五月九日。

扬州的夏日

扬州从隋炀帝以来，是诗人文士所称道的地方；称道的多了，称道得久了，一般人便也随声附和起来。直到现在，你若向人提起扬州这个名字，他会点头或摇头说："好地方！好地方！"特别是没去过扬州而有念过唐诗的人，在他心里，扬州真像蜃楼海市一般美丽；他若念过《扬州画舫录》一类书，那更了不得了。但在一个久住扬州像我的人，他却没有那么多美丽的幻想，他的憎恶也许掩住了他的爱好；他也许离开了三四年并不去想它。若是想呢，——你说他想什么？女人；不错，这似乎也有名，但怕不是现在的女人吧？——他也只会想着扬州的夏日，虽然与女人仍然不无关系的。

北方和南方一个大不同，在我看，就是北方无水而南方有。诚然，北方今年大雨，永定河，大清河甚至决了堤防，但这并不能算是有水；北平的三海和颐和园虽然有点儿水，但太平衍了，一览而尽，船又那么笨头笨脑的。有水的仍然是南方。扬州的夏日，好处大半便在水上——有人称为"瘦西湖”，这个名字真是太“瘦”了，假西湖之名以行，“雅得这样俗”，老实说，我是不喜欢的。下船的地方便是护城河，曼衍开去，曲曲折折，直到平山堂，——这是你们熟悉的名字——有七八里河道，还有许多杈杈桠桠的支流。这条河其实也没有顶大的好处，只是曲折而有些幽静，和别处不同。

沿河最著名的风景是小金山，法海寺，五亭桥；最远的便是平山堂了。金山你们是知道的，小金山却在水中央。在那里望水最好，看月自然也不错——可是我还不曾有过那样福气。“下河”的人十之九是到这儿的，人不免太多些。法海寺有一个塔，和北海的一样，据说是乾隆皇帝下江南，盐商们连夜督促匠人造成的。法海寺著名的自然是这个塔；但还有一桩，你们猜不着，是红烧猪头。夏天吃红烧猪头，在理论上也许不甚相宜；可是在实际上，挥汗吃着，倒也不坏的。五亭桥如名字所示，是五个亭子的桥。桥是拱形，中一亭最高，两边四亭，参差相称；最宜远看，或看影子，也好。桥洞颇多，乘小船穿来穿去，另有风味。平山堂在蜀冈上。登堂可见江南诸山淡淡的轮廓；“山色有无中”一句话，我看是恰到好处，并不算错。这里游人较少，闲坐在堂上，可以永日。沿路光景，也以闲寂胜。从天宁门或北门下船。蜿蜒的城墙，在水里倒映着苍黝的影子，小船悠然地撑过去，岸上的喧扰像没有似的。

船有三种：大船专供宴游之用，可以挟妓或打牌。小时候常跟了父亲去，在船里听着谋得利洋行的唱片。现在这样乘船的大概少了吧？其次是“小划子”，真像一瓣西瓜，由一个男人或女人用竹篙撑着。乘的人多了，便可雇两只，前后用小凳子跨着：这也可算得“方舟”了。后来又有一种“洋划”，比大船小，比“小划子”大，上支布篷，可以遮日遮雨。“洋划”渐渐地多，大船渐渐地少，然而“小划子”总是有人要的。这不独因为价钱最贱，也因为它的伶俐。一个人坐在船中，让一个人在船尾上用竹篙一下一下地撑着，简直是一首唐诗，或一幅山水画。而有些好事的少年，愿意自已撑船，也非“小划子”不行。“小划子”虽然便宜，却也有些分别。譬如说，你们也可想到的，女人撑船总要贵些；姑娘撑的自然更要贵罗。这些撑船的女子，便是有人说过的“瘦西湖上的船娘”。船娘们的故事大概不少，但我不很知道。据说以乱头粗服，风趣天然为胜；中年而有风趣，也仍然算好。可是起初原是逢场作戏，或尚不伤廉惠；以后居然有了价格，便觉意味索然了。

北门外一带，叫做下街，“茶馆”最多，往往一面临河。船行过时，茶客与乘客可以随便招呼说话。船上人若高兴时，也可以向茶馆中要一壶茶，或一两种“小笼点心”，在河中喝着，吃着，谈着。回来时再将茶壶和所谓小笼，连价款一并交给茶馆中人。撑船的都与茶馆相熟，他们不怕你白吃。扬州的小笼点心实在不错：我离开扬州，也走过七八处大大小小的地方，还没有吃过那样好的点心；这其实是值得惦记的。茶馆的地方大致总好，名字也颇有好的。如香影廊，绿杨村，红叶山庄，都是到现在还记得的。绿杨村的幌子，挂在绿杨树上，随风飘展，使人想起“绿杨城郭是扬州”的名句。里面还有小池，丛竹，茅亭，景物最幽。这一带的茶馆布置都历落有致，迥非上海，北平方方正正的茶楼可比。

“下河”总是下午。傍晚回来，在暮霭朦胧中上了岸，将大褂折好搭在腕上，一手微微摇着扇子；这样进了北门或天宁门走回家中。这时候可以念“又得浮生半日闲”那一句诗了。

看花

生长在大江北岸一个城市里，那儿的园林本是著名的，但近来却很少；似乎自幼就不曾听见过“我们今天看花去”一类话，可见花事是不盛的。有些爱花的人，大都只是将花栽在盆里，一盆盆搁在架上；架子横放在院子里。院子照例是小小的，只够放下一个架子；架上至多搁二十多盆花罢了。有时院子里依墙筑起一座“花台”，台上种一株开花的树；也有在院子里地上种的。但这只是普通的点缀，不算是爱花。

家里人似乎都不甚爱花；父亲只在领我们上街时，偶然和我们到“花房”里去过一两回。但我们住过一所房子，有一座小花园，是房东家的。那里有树，有花架（大约是紫藤花架之类），但我当时还小，不知道那些花木的名字；只记得爬在墙上的是蔷薇而已。园中还有一座太湖石堆成的洞门；现在想来，似乎也还好的。在那时由一个顽皮的少年仆人领了我去，却只知道跑来跑去捉蝴蝶；有时掐下几朵花，也只是随意挼弄着，随意丢弃了。至于领略花的趣味，那是以后的事：夏天的早晨，我们那地方有乡下的姑娘在各处街巷，沿门叫着，“卖栀子花来。”栀子花不是什么高品，但我喜欢那白而晕黄的颜色和那肥肥的个儿，正和那些卖花的姑娘有着相似的韵味。栀子花的香，浓而不烈，清而不淡，也是我乐意的。我这样便爱起花来了。也许有人会问，“你爱的不是花吧？”这个我自己其实也已不大弄得清楚，只好存而不论了。

在高小的一个春天，有人提议到城外F寺里吃桃子去，而且预备白吃；不让吃就闹一场，甚至打一架也不在乎。那时虽远在五四运动以前，但我们那里的中学生却常有打进戏园看白戏的事。中学生能白看戏，小学生为什么不能白吃桃子呢？我们都这样想，便由那提议人鸠合了十几个同学，浩浩荡荡地向城外而去。到了F寺，气势不凡地呵叱着道人们（我们称寺里的工人为道人），立刻领我们向桃园里去。道人们踌躇着说：“现在桃树刚才开花呢。”但是谁信道人们的话？我们终于到了桃园里。大家都丧了气，原来花是真开着呢！这时提议人P君便去折花。道人们是一直步步跟着的，立刻上前劝阻，而且用起手来。但P君是我们中最不好惹的。“说时迟，那时快”，一眨眼，花在他的手里，道人已跪跄在一旁了。那一园子的桃花，想来总该有些可看，我们却谁也没有想着去看，只嚷着：“没有桃子，得沏茶喝！”道人们满肚子委屈地引我们到“方丈”里，大家各喝一大杯茶。这才平了气，谈谈笑笑地进城去。大概我那时还只懂得爱一朵朵的栀子花，对于开在树上的桃花，是并不了然的；所以眼前的机会，便从眼前错过了。

以后渐渐念了些看花的诗，觉得看花颇有些意思。但到北平读了几年书，却只到过崇效寺一次；而去得又嫌早些，那有名的一株绿牡丹还未开呢。北平看花的事很盛，看花的地方也很多；但那时热闹的似乎也只有一班诗人名士，其余还是不相干的。那正是新文学运动的起头，我们这些少年，对于旧诗和那一班诗人名士，实在有些不敬；而看花的地方又都远不可言，我是一个懒人，便干脆地断了那条心了。后来到杭州做事，遇见了Y君，他是新诗人兼旧诗人，看花的兴致很好。我和他常到孤山去看梅花。孤山的梅花是古今有名的，但太少；又没有临水的，人也太多。有一回坐在放鹤亭上喝茶，来了一个方面有须，穿着花缎马褂的人，用湖南口音和人打招呼道，“梅花盛开嗒！”“盛”字说得特别重，使我吃了一惊；但我吃惊的也只是说在他嘴里“盛”这个声音罢了，花的盛不盛，在我倒并没有什么的。

有一回，Y来说，灵峰寺有三百株梅花；寺在山里，去的人也少。我和Y，还有N君，从西湖边雇船到岳坟，从岳坟入山。曲曲折折走了好一会，又上了许多石级，才到山上寺里。寺甚小，梅花便在大殿西边园中。园也不大，东墙下有三间净室，最宜喝茶看花；北边有座小山，山上有亭，大约叫“望海亭”吧，望海是未必，但钱塘江与西湖是看得见的。梅树确是不少，密密地低低地整列着。那时已是黄昏，寺里只我们三个游人；梅花并没有开，但那珍珠似的繁星似的骨朵儿，已经够可爱了；我们都觉得比孤山上盛开时有味。大殿上正做晚课，送来梵呗的声音，和着梅林中的暗香，真叫我们舍不得回去。在园里徘徊了一会，又在屋里坐了一会，天是黑定了，又没有月色，我们向庙里要了一个旧灯笼，照着下山。路上几乎迷了道，又两次三番地狗咬；我们的Y诗人确有些窘了，但终于到了岳坟。船夫远远迎上来道："你们来了，我想你们不会冤我呢！"在船上，我们还不离口地说着灵峰的梅花，直到湖边电灯光照到我们的眼。

Y回北平去了，我也到了白马湖。那边是乡下，只有沿湖与杨柳相间着种了一行小桃树，春天花发时，在风里娇媚地笑着。还有山里的杜鹃花也不少。这些日日在我们眼前，从没有人像煞有介事地提议，"我们看花去。"但有一位S君，却特别爱养花；他家里几乎是终年不离花的。我们上他家去，总看他在那里不是拿着剪刀修理枝叶，便是提着壶浇水。我们常乐意看着。他院子里一株紫薇花很好，我们在花旁喝酒，不知多少次。白马湖住了不过一年，我却传染了他那花的嗜好。但重到北平时，住在花事很盛的清华园里，接连过了三个春，却从未想到去看一回。只在第二年秋天，曾经和孙三先生在园里看过几次菊花。"清华园之菊"是著名的，孙三先生还特地写了一篇文，画了好些画。但那种一盆一干一花的养法，花是好了，总觉没有天然的风趣。直到去年春天，有了些余闲，在花开前，先向人问了些花的名字。一个好朋友是从知道姓名起的，我想看花也正是如此。恰好Y君也常来园中，我们一天三四趟地到那些花下去徘徊。今年Y君忙些，我便一个人去。我爱繁花老干的杏，临风婀娜的小红桃，贴梗累累如珠的紫荆；但最恋恋的是西府海棠。海棠的花繁得好，也淡得好；艳极了，却没有一丝荡意。疏疏的高干子，英气隐隐逼人。可惜没有趁着月色看过；王鹏运有两句词道：

"只愁淡月朦胧影，难验微波上下潮。"我想月下的海棠花，大约便是这种光景吧。为了海棠，前两天在城里特地冒了大风到中山公园去，看花的人倒也不少；但不知怎的，却忘了畿辅先哲祠。Y告我那里的一株，遮住了大半个院子；别处的都向上长，这一株却是横里伸张的。花的繁没有法说；海棠本无香，昔人常以为恨，这里花太繁了，却酝酿出一种淡淡的香气，使人久闻不倦。Y告我，正是刮了一日还不息的狂风的晚上；他是前一天去的。他说他去时地上已有落花了，这一日一夜的风，准完了。他说北平看花，是要赶着看的：春光太短了，又晴的日子多；今年算是有阴的日子了，但狂风还是逃不了的。我说北平看花，比别处有意思，也正在此。这时候，我似乎不甚菲薄那一班诗人名士了。

十九年四月。

我所见的叶圣陶（名绍钧）

我第一次与圣陶见面是在民国十年的秋天。那时刘延陵兄介绍我到吴淞炮台湾中国公学教书。到了那边，他就和我说：“叶圣陶也在这儿。”我们都念过圣陶的小说，所以他这样告诉我。我好奇地问道：“怎样一个人？”出乎我的意外，他回答我：“一位老先生哩。”但是延陵和我去访问圣陶的时候，我觉得他的年纪并不老，只那朴实的服色和沉默的风度与我们平日所想象的南通少年文人叶圣陶不甚符合罢了。

记得见面的那一天是一个阴天。我见了生人照例说不出话；圣陶似乎也如此。我们只谈了几句关于作品的泛泛的意见，便告辞了。延陵告诉我每星期六圣陶总回甪直去；他很爱他的家。他在校时常邀延陵出去散步；我因与他不熟，只独自坐在屋里。不久，中国公学忽然起了风潮。我向延陵说起一个强硬的办法；——实在是一个笨而无聊的办法！——我说只怕叶圣陶未必赞成。但是出乎我的意外，他居然赞成了！后来细想他许是有意优容我们吧；这真是老大哥的态度呢。我们的办法天然是失败了，风潮延宕下去；于是大家都住到上海来。我和圣陶差不多天天见面；同时又认识了西谛，予同诸兄。这样经过了一个月；这一个月实在是我的很好的日子。

我看出圣陶始终是个寡言的人。大家聚谈的时候，他总是坐在那里听着。他却并不是喜欢孤独，他似乎老是那么有味地听着。至于与人独对的时候，自然多少要说些话；但辩论是不来的。他觉得辩论要开始了，往往微笑着说："这个弄不大清楚了。"这样就过去了。他又是个极和易的人，轻易看不见他的怒色。他辛辛苦苦保存着的《晨报》副张，上面有他自己的文字的，特地从家里捎来给我看；让我随便放在一个书架上，给散失了。当他和我同时发见这件事时，他只略露惋惜的颜色，随即说："由他去末哉，由他去末哉！"我是至今惭愧着，因为我知道他作文是不留稿的。他的和易出于天性，并非阅历世故，矫揉造作而成。他对于世间妥协的精神是极厌恨的。在这一月中，我看见他发过一次怒；——始终我只看见他发过这一次怒——那便是对于风潮的妥协论者的蔑视。

风潮结束了，我到杭州教书。那边学校当局要我约圣陶去。圣陶来信说："我们要痛痛快快游西湖，不管这是冬天。"他来了，教我上车站去接。我知道他到了车站这一类地方，是会觉得寂寞的。他的家实在太好了，他的衣着，一向都是家里管。我常想，他好像一个小孩子；像小孩子的天真，也像小孩子的离不开家里人。必须离开家里人时，他也得找些熟朋友伴着；孤独在他简直是有些可怕的。所以他到校时，本来是独住一屋的，却愿意将那间屋做我们两人的卧室，而将我那间做书室。这样可以常常相伴；我自然也乐意。我们不时到西湖边去；有时下湖，有时只喝喝酒。在校时各据一桌，我只预备功课，他却老是写小说和童话。初到时，学校当局来看过他。第二天，我问他，“要不要去看看他们？”他皱眉道：“一定要去么？等一天吧。”后来始终没有去。他是最反对形式主义的。

那时他小说的材料，是旧日的储积；童话的材料有时却是片刻的感兴。如《稻草人》中《大喉咙》一篇便是。那天早上，我们都醒在床上，听见工厂的气笛；他便说：“今天又有一篇了，我已经想好了，来的真快呵。”那篇的艺术很巧，谁想他只是片刻的构思呢！他写文字时，往往拈笔伸纸，便手不停挥地写下去；开始及中间，停笔踌躇时绝少。他的稿子极清楚，每页至多只有三五个涂改的字。他说他从来是这样的。每篇写毕，我自然先睹为快；他往往称述结尾的适宜，他说对于结尾是有些把握的。看完，他立即封寄《小说月报》；照例用平信寄。我总劝他挂号；但他说：“我老是这样的。”他在杭州不过两个月，写的真不少，叫人羡慕不已。《火灾》里从《饭》起到《风潮》这七篇，还有《稻草人》中一部分，都是那时我亲眼看他写的。

在杭州待了两个月，放寒假前，他便匆匆地回去了；他实在离不开家，临去时让我告诉学校当局，无论如何不回来了。但他却到北平住了半年，也是朋友拉去的。我前些日子偶翻十一年的《晨报副刊》，看见他那时途中思家的小诗，重念了两遍，觉得怪有意思。北平回去不久，便入了商务印书馆编译部，家也搬到上海。从此在上海待下去，直到现在——中间又被朋友拉到福州一次，有一篇《将离》抒写那回的别恨，是缠绵悱恻的文字。这些日子，我在浙江乱跑，有时到上海小住，他常请了假和我各处玩儿或喝酒。有一回，我便住在他家，但我到上海，总爱出门，因此他老说没有能畅谈；他写信给我，老说这回来要畅谈几天才行。

十六年一月，我接眷北来，路过上海，许多熟朋友和我饯行，圣陶也在。那晚我们痛快地喝酒，发议论；他是照例地默着。酒喝完了，又去乱走，他也跟着。到了一处，朋友们和他开了个小玩笑；他脸上略露窘意，但仍微笑地默着。圣陶不是个浪漫的人；在一种意义上，他正是延陵所说的“老先生”。但他能了解别人，能谅解别人，他自己也能“作达”，所以仍然——也许格外——是可亲的。那晚快夜半了，走过爱多亚路，他向我诵周美成的词，“酒已都醒，如何消夜永！”我没有说什么；那时的心情，大约也不能说什么的。我们到一品香又消磨了半夜。这一回特别对不起圣陶；他是不能少睡觉的人。他家虽住在上海，而起居还依着乡居的日子；早七点起，晚九点睡。有一回我九点十分去，他家已熄了灯，关好门了。这种自然的，有秩序的生活是对的。那晚上伯祥说：“圣兄明天要不舒服了。”想起来真是不知要怎样感谢才好。

第二天我便上船走了，一眨眼三年半，没有上南方去。信也很少，却全是我的懒。我只能从圣陶的小说里看出他心境的迁变；这个我要留在另一文中说。圣陶这几年里似乎到十字街头走过一趟，但现在怎么样呢？我却不甚了然。他从前晚饭时总喝点酒，“以半醺为度”；近来不大能喝酒了，却学了吹笛——前些日子说已会一出《八阳》，现在该又会了别的了吧。他本来喜欢看看电影，现在又喜欢听听昆曲了。但这些都不是“厌世”，如或人所说的；圣陶是不会厌世的，我知道。又，他虽会喝酒，加上吹笛，却不曾抽什么“上等的纸烟”，也不曾住过什么“小小别墅”，如或人所想的，这个我也知道。

十九年七月，北平清华园。

论无话可说

十年前我写过诗；后来不写诗了，写散文；入中年以后，散文也不大写得出了——现在是，比散文还要“散”的无话可说！许多人苦于有话说不出，另有许多人苦于有话无处说；他们的苦还在话中，我这无话可说的苦却在话外。我觉得自己是一张枯叶，一张烂纸，在这个大时代里。

在别处说过，我的“忆的路”是“平如砥”“直如矢”的；我永远不曾有过惊心动魄的生活，即使在别人想来最风华的少年时代。我的颜色永远是灰的。我的职业是三个教书；我的朋友永远是那么几个，我的女人永远是那么一个。有些人生活太丰富了，太复杂了，会忘记自己，看不清楚自己，我是什么时候都“了了玲玲地”知道，记住，自己是怎样简单的一个人。

但是为什么还会写出诗文呢？——虽然都是些废话。这是时代为之！十年前正是五四运动的时期，大伙儿蓬蓬勃勃的朝气，紧逼着我这个年轻的学生；于是乎跟着人家的脚印，也说说什么自然，什么人生。但这只是些范畴而已。我是个懒人，平心而论，又不曾遭过怎样了不得的逆境；既不深思力索，又未亲自体验，范畴终于只是范畴，此处也只是廉价的，新瓶里装旧酒的感伤。当时芝麻黄豆大的事，都不惜郑重地写出来，现在看看，苦笑而已。

先驱者告诉我们说自己的话。不幸这些自己往往是简单的，说来说去是那一套；终于说的听的都腻了。——我便是其中的一个。这些人自己其实并没有什么话，只是说些中外贤哲说过的和并世少年将说的话。真正有自己的话要说的是不多的几个人；因为真正一面生活一面吟味那生活的只有不多的几个人。一般人只是生活，按着不同的程度照例生活。

这点简单的意思也还是到中年才觉出的；少年时多少有些热气，想不到这里。中年人无论怎样不好，但看事看得清楚，看得开，却是可取的。这时候眼前没有雾，顶上没有云彩，有的只是自己的路。他负着经验的担子，一步步踏上这条无尽的然而实在的路。他回看少年人那些情感的玩意，觉得一种轻松的意味。他乐意分析他背上的经验，不止是少年时的那些；他不愿远远地捉摸，而愿剥开来细细地看。也知道剥开后便没了那跳跃着的力量，但他不在乎这个，他明白在冷静中有他所需要的。这时候他若偶然说话，决不会是感伤的或印象的，他要告诉你怎样走着他的路，不然就是，所剥开的是些什么玩意。但中年人是很胆小的；他听别人的话渐渐多了，说了的他不说，说得好的他不说。所以终于往往无话可说——特别是一个寻常的人像我。但沉默又是寻常的人所难堪的，我说苦在话外，以此。

中年人若还打着少年人的调子，——姑不论调子的好坏——原也未尝不可，只总觉“像煞有介事”。他要用很大的力量去写出那冒着热气或流着眼泪的话；一个神经敏锐的人对于这个是不容易忍耐的，无论在自己在别人。这好比上了年纪的太太小姐们还涂脂抹粉地到大庭广众里去卖弄一般，是殊可不必的了。

其实这些都可以说是废话，只要想一想咱们这年头。这年头要的是“代言人”，而且将一切说话的都看作“代言人”；压根儿就无所谓自己的话。这样一来，如我辈者，倒可以将从前狂妄之罪减轻，而现在是更无话可说了。

但近来在戴译《唯物史观的文学论》里看到，法国俗语“无话可说”竟与“一切皆好”同意。呜呼，这是多么损的一句话，对于我，对于我的时代！

二十年三月。

给亡妇

谦，日子真快，一眨眼你已经死了三个年头了。这三年里世事不知变化了多少回，但你未必注意这些个，我知道。你第一惦记的是你几个孩子，第二便轮着我。孩子和我平分你的世界，你在日如此；你死后若还有知，想来还如此的。告诉你，我夏天回家来着：迈儿长得结实极了，比我高一个头。闰儿父亲说是最乖，可是没有先前胖了。采芷和转子都好。五儿全家夸她长得好看；却在腿上生了湿疮，整天坐在竹床上不能下来，看了怪可怜的。六儿，我怎么说好，你明白，你临终时也和母亲谈过，这孩子是只可以养着玩儿的，他左挨右挨去年春天，到底没有挨过去。这孩子生了几个月，你的肺病就重起来了。我劝你少亲近他，只监督着老妈子照管就行。你总是忍不住，一会儿提，一会儿抱的。可是你病中为他操的那一份儿心也够瞧的。那一个夏天他病的时候多，你成天儿忙着，汤呀，药呀，冷呀，暖呀，连觉也没有好好儿睡过。那里有一分一毫想着你自己。瞧着他硬朗点儿你就乐，干枯的笑容在黄蜡般的脸上，我只有暗中叹气而已。

从来想不到做母亲的要像你这样。从迈儿起，你总是自己喂乳，一连四个都这样。你起初不知道按钟点儿喂，后来知道了，却又弄不惯；孩子们每夜里几次将你哭醒了，特别是闷热的夏季。我瞧你的觉老没睡足。白天里还得做菜，照料孩子，很少得空儿。你的身子本来坏，四个孩子就累你七八年。到了第五个，你自己实在不成了，又没乳，只好自己喂奶粉，另雇老妈子专管她。但孩子跟老妈子睡，你就没有放过心；夜里一听见哭，就竖起耳朵听，工夫一大就得过去看。十六年初，和你到北京来，将迈儿，转子留在家里；三年多还不能去接他们，可真把你惦记苦了。你并不常提，我却明白。你后来说你的病就是惦记出来的；那个自然也有份儿，不过大半还是养育孩子累的。你的短短的十二年结婚生活，有十一年耗费在孩子们身上；而你一点不厌倦，有多少力量用多少，一直到自己毁灭为止。你对孩子一般儿爱，不问男的女的，大的小的。也不想到什么“养儿防老，积谷防饥”，只拼命的爱去。你对于教育老实说有些外行，孩子们只要吃得好玩得好就成了。这也难怪你，你自己便是这样长大的。况且孩子们原都还小，吃和玩本来也要紧的。你病重的时候最放不下的还是孩子。病的只剩皮包着骨头了，总不信自己不会好；老说：“我死了，这一大群孩子可苦了。”后来说送你回家，你想着可以看见迈儿和转子，也愿意；你万不想到会一走不返的。我送车的时候，你忍不住哭了，说：“还不知能不能再见？”可怜，你的心我知道，你满想着好好儿带着六个孩子回来见我的。谦，你那时一定这样想，一定的。

除了孩子，你心里只有我。不错，那时你父亲还在；可是你母亲死了，他另有个女人，你老早就觉得隔了一层似的。出嫁后第一年你虽还一心一意依恋着他老人家，到第二年上我和孩子可就将你的心占住，你再没有多少工夫惦记他了。你还记得第一年我在北京，你在家里。家里来信说你待不住，常回娘家去。我动气了，马上写信责备你。你叫人写了一封复信，说家里有事，不能不回去。这是你第一次也可以说第末次的抗议，我从此就没给你写信。暑假时带了一肚子主意回去，但见了面，看你一脸笑，也就拉倒了。打这时候起，你渐渐从你父亲的怀里跑到我这儿。你换了金镯子帮助我的学费，叫我以后还你；但直到你死，我没有还你。你在我家受了许多气，又因为我家的缘故受你家里的气，你都忍着。这全为的是我，我知道。那回我从家乡一个中学半途辞职出走。家里人讽你也走。那里走！只得硬着头皮往你家去。那时你家像个冰窖子，你们在窖里足足住了三个月。好容易我才将你们领出来了，一同上外省去。小家庭这样组织起来了。你虽不是什么阔小姐，可也是自小娇生惯养的。做起主妇来，什么都得干一两手；你居然做下去了，而且高高兴兴地做下去了。菜照例满是你做，可是吃的都是我们；你至多夹上两三筷子就算了。你的菜做得不坏，有一位老在行大大地夸奖过你。你洗衣服也不错，夏天我的绸大褂大概总是你亲自动手。你在家老不乐意闲着；坐前几个“月子”，老是四五天就起床，说是躺着家里事没条没理的。其实你起来也还不是没条理；咱们家那么多孩子，哪儿来条理？在浙江住的时候，逃过两回兵难，我都在北平。真亏你领着母亲和一群孩子东藏西躲的；末一回还要走多少里路，翻一道大岭。这两回差不多只靠你一个人。你不但带了母亲和孩子们，还带了我一箱箱的书；你知道我是最爱书的。在短短的十二年里，你操的心比人家一辈子还多；谦，你那样身子怎么经得住！你将我的责任一股脑儿担负了去，压死了你；我如何对得起你！

你为我的捞什子书也费了不少神；第一回让你父亲的男佣人从家乡捎到上海去。他说了几句闲话，你气得在你父亲面前哭了。第二回是带着逃难，别人都说你傻子。你有你的想头："没有书怎么教书？况且他又爱这个玩意儿。"其实你没有晓得，那些书丢了也并不可惜；不过叫你怎么晓得，我平常从来没和你谈过这些个！总而言之，你的心是可感谢的。这十二年里你为我吃的苦真不少，可是没有过几天好日子。我们在一起住，算来也还不到五个年头。无论日子怎么坏，无论是离是合，你从来没对我发过脾气，连一句怨言也没有。——别说怨我，就是怨命也没有过。老实说，我的脾气可不大好，迁怒的事儿有的是。那些时候你往往抽噎着流眼泪，从不回嘴，也不号啕。不过我也只信得过你一个人，有些话我只和你一个人说，因为世界上只你一个人真关心我，真同情我。你不但为我吃苦，更为我分苦；我之有我现在的精神，大半是你给我培养着的。这些年来我很少生病。但我最不耐烦生病，生了病就呻吟不绝，闹那伺候病的人。你是领教过一回的，那回只一两点钟，可是也够麻烦了。你常生病，却总不开口，挣扎着起来；一来怕搅我，二来怕没人做你那份儿事。我有一个坏脾气，怕听人生病，也是真的。后来你天天发烧，自己还以为南方带来的疟疾，一直瞒着我。明明躺着，听见我的脚步，一骨碌就坐起来。我渐渐有些奇怪，让大夫一瞧，这可糟了，你的一个肺已烂了一个大窟窿了！大夫劝你到西山去静养，你丢不下孩子，又舍不得钱；劝你在家里躺着，你也丢不下那份儿家务。越看越不行了，这才送你回去。明知凶多吉少，想不到只一个月工夫你就完了！本来盼望还见得着你，这一来可拉倒了。你也何尝想到这个？父亲告诉我，你回家独住着一所小住宅，还嫌没有客厅，怕我回去不便哪。

前年夏天回家，上你坟上去了。你睡在祖父母的下首，想来还不孤单的。只是当年祖父母的坟太小了，你正睡在圹底下。这叫做“抗圹”，在生人看来是不安心的；等着想办法吧。那时圹上圹下密密地长着青草，朝露浸湿了我的布鞋。你刚埋了半年多，只有圹下多出一块土，别的全然看不出新坟的样子。我和隐今夏回去，本想到你的坟上来；因为她病了没来成。我们想告诉你，五个孩子都好，我们一定尽心教养他们，让他们对得起死了的母亲——你！谦，好好儿放心安睡吧，你。

二十一年十月。

你我

受过新式教育的人，见了无论生熟朋友，往往喜欢你我相称。这不是旧来的习惯而是外国语与翻译品的影响。这风气并未十分通行；一般社会还不愿意采纳这种办法——所谓粗人一向你呀我的，却当别论。有一位中等学校校长告诉人，一个旧学生去看他，左一个“你”，右一个“你”，仿佛用指头点着他鼻子，真有些受不了。在他想，只有长辈该称他“你”，只有太太和老朋友配称他“你”。够不上这个份儿，也来“你”呀“你”的，倒像对当差老妈子说话一般，岂不可恼！可不是，从前小说里“弟兄相呼，你我相称”，也得够上那份儿交情才成。而俗语说的“你我不错”，“你我还这样那样”，也是托熟的口气，指出彼此的依赖与信任。

同辈你我相称，言下只有你我两个，旁若无人；虽然十目所视，十手所指，视他们的，指他们的，管不着。杨震在你我相对的时候，会想到你我之外的“天知地知”，真是一个玄远的托辞，亏他想得出。常人说话称你我，却只是你说给我，我说给你；别人听见也罢，不听见也罢，反正说话的一点儿没有想着他们那些不相干的。自然也有时候“取瑟而歌”，也有时候“指桑骂槐”，但那是话外的话或话里的话，论口气却只对着那一个“你”。这么着，一说你看，你我便从一群人里除外，单独地相对着。离群是可怕又可怜的，只要想想大野里的独行，黑夜里的独处就明白。你我既甘心离群，彼此便非难解难分不可；否则岂不要吃亏？难解难分就是亲昵；骨肉是亲昵，结交也是个亲昵，所以说只有长辈该称“你”，只有太太和老朋友配称“你”。你我相称者，你我相亲而已。然而我们对家里当差老妈子也称“你”，对街上的洋车夫也称“你”，却不是一个味儿。古来以“尔汝”为轻贱之称；就指的这一类。但轻贱与亲昵有时候也难分，譬如叫孩子为“狗儿”，叫情人为“心肝”，明明将人比物，却正是亲昵之至。而长辈称晚辈为“你”，也夹杂着这两种味道——那些亲谊疏远的称“你”，有时候简直毫无亲昵的意思，只显得辈分高罢了。大概轻贱与亲昵有一点相同；就是，都可以随随便便，甚至于动手动脚。

生人相见不称“你”。通称是“先生”，有带姓不带姓之分；不带姓好像来者是自己老师，特别客气，用得少些。北平人称“某爷”，“某几爷”，如“冯爷”，“吴二爷”，也是通称，可比“某先生”亲昵些。但不能单称“爷”，与“先生”不同。“先生”原是老师，“爷”却是“父亲”；尊人为师犹之可，尊人为父未免吃亏太甚。（听说前清的太监有称人为“爷”的时候，那是刑余之人，只算例外。）至于“老爷”，多一个“老”字，就不会与父亲相混，所以仆役用以单称他的主人，旧式太太用以单称她的丈夫。女的通称“小姐”，“太太”，“师母”，却都带姓；“太太”，“师母”更其如此。因为单称“太太”，自己似乎就是老爷，单称“师母”，自己似乎就是门生，所以非带姓不可。“太太”是北方的通称，南方人却嫌官僚气；“师母”是南方的通称，北方人却嫌头巾气。女人麻烦多，真是无法奈何。比“先生”亲近些是“某某先生”，“某某兄”，“某某”是号或名字；称“兄”取其仿佛一家人。再进一步就以号相称，同时也可称“你”。在正式的聚会里，有时候得称职衔，如“张部长”，“王经理”；也可以不带姓，和“先生”一样；偶尔还得加上一个“贵”字，如“贵公使”。下属对上司也得称职衔。但像科员等小脚色却不便称衔，只好屈居在“先生”一辈里。

仆役对主人称“老爷”，“太太”，或“先生”，“师母”；与同辈分别的，一律不带姓。他们在同一时期内大概只有一个老爷，太太，或先生，师母，是他们衣食的靠山；不带姓正所以表示只有这一对儿才是他们的主人。对于主人的客，却得一律带姓；即使主人的本家，也得带上号码儿，如“三老爷”，“五太太”。——大家庭用的人或两家合用的人例外。“先生”本可不带姓，“老爷”本是下对上的称呼，也常不带姓；女仆称“老爷”，虽和旧式太太称丈夫一样，但身份声调既然各别，也就不要紧。仆役称“师母”，决无门生之嫌，不怕尊敬过分；女仆称“太太”，毫无疑义，男仆称“太太”，与女仆称“老爷”同例。晚辈称长辈，有“爸爸”，“妈妈”，“伯伯”，“叔叔”等称。自家人和近亲不带姓，但有时候带号码儿；远亲和父执，母执，都带姓；干亲带“干”字，如“干娘”；父亲的盟兄弟，母亲的盟姊妹，有些人也以自家人论。

这种种称呼，按刘半农先生说，是“名词替代代词”，但也可说是他称替代对称。不称“你”而称“某先生”，是将分明对面的你变成一个别人；于是乎对你说的话，都不过是关于“他”的。这么着，你我间就有了适当的距离，彼此好提防着；生人间说话提防着些，没有错儿。再则一般人都可以称你“某先生”，我也跟着称“某先生”，正见得和他们一块儿，并没有单独挨近你身边去。所以“某先生”一来，就对面无你，旁边有人。这种替代法的效用，因所代的他称广狭而转移。譬如“某先生”，谁对谁都可称，用以代“你”，是十分“敬而远之”；又如“某部长”，只是僚属对同官与长官之称，“老爷”只是仆役对主人之称，敬意过于前者，远意却不及；至于“爸爸”“妈妈”，只是弟兄姊妹对父母的称呼，不像前几个名字可以移用在别人身上，所以虽不用“你”，还觉得亲昵，但敬远的意味总免不了有一些；在老人家前头要像在太太或老朋友前头那么自由自在，到底是办不到的。

北方话里有个“您”字，是“你”的尊称，不论亲疏贵贱全可用，方便之至。这个字比那拐弯抹角的替代法干脆多了，只是南方人听不进去，他们觉得和“你”也差不多少。这个字本是闭口音，指众数；“你们”两字就从此出。南方人多用“你们”代替“你”。用众数表尊称，原是语言常例。指的既非一个，你旁边便仿佛还有些别人和你亲近的，与说话的相对着；说话的天然不敢侵犯你，也不敢妄想亲近你。这也还是个“敬而远之”。湖北人尊称人为“你家”，“家”字也表众数，如“人家”“大家”可见。

此外还有个方便的法子，就是利用呼位，将他称与对称拉在一块儿。说话的时候先叫声“某先生”或别的，接着再说“你怎样怎样”；这么着好像“你”字儿都是对你以外的“某先生”说的，你自己就不会觉得唐突了。这个办法上下一律通行。在上海，有些不三不四的人问路，常叫一声“朋友”，再说“你”；北平老妈子彼此说话，也常叫声“某姐”，再“你”下去——她们觉得这么称呼倒比说“您”亲昵些。但若说“这是兄弟你的事”，“这是他爸爸你的责任”，“兄弟”“你”，“他爸爸”“你”简直连成一串儿，与用呼位的大不一样。这种口气只能用于亲近的人。第一例的他称意在加重全句的力量，表示虽与你亲如弟兄，这件事却得你自己办，不能推给别人。第二例因“他”而及“你”，用他称意在提醒你的身份，也是加重那个句子；好像说你我虽亲近，这件事却该由做他爸爸的你，而不由做自己的朋友的你负责任；所以也不能推给别人。又有对称在前他称在后的；但除了“你先生”，“你老兄”还有敬远之意以外，别的如“你太太”，“你小姐”，“你张三”，“你这个人”，“你这家伙”，“你这位先生”，“你这该死的”，“你这没良心的东西”，却都是些亲口埋怨或破口大骂的话。“你先生”，“你老兄”的“你”不重读，别的“你”都是重读的。“你张三”直呼姓名，好像听话的是个远哉遥遥的生人，因为只有毫无关系的人，才能直呼姓名；可是加上“你”字，却变了亲昵与轻贱两可之间。近指形容词“这”，加上量词“个”成为“这个”，都兼指人与物；说“这个人”和说“这个碟子”，一样地带些无视的神气在指点着。加上“该死的”，“没良心的”，“家伙”，“东西”，无视的神气更足。只有“你这位先生”稍稍客气些；不但因为那“先生”，并且因为那量词“位”字。“位”指“地位”，用以称人，指那有某种地位的，就与常人有别。至于“你老”，“你老人家”，“老人家”是众数，“老”是敬辞——老人常受人尊重。但“你老”用得少些。

最后还有省去对称的办法，却并不如文法书里所说，只限于祈使语气，也不限于上辈对下辈的问语或答语，或熟人间偶然的问答语：如“去吗”，“不去”之类。有人曾遇见一位颇有名望的省议会议长，随意谈天儿。那议长的说话老是这样的：

去过北京吗？
在那儿住？
觉得北京怎么样？
几时回来的？

始终没有用一个对称，也没有用一个呼位的他称，仿佛说到一个不知是谁的人。那听话的觉得自己没有了，只看见俨然的议长。可是偶然要敷衍一两句话，而忘了对面人的姓，单称“先生”又觉不值得的时候，这么办却也可以救眼前之急。

生人相见也不多称“我”。但是单称“我”只不过傲慢，仿佛有点儿瞧不起人，却没有那过分亲昵的味儿，与称你我的时候不一样。所以自称比对称麻烦少些。若是不随便称“你”，“我”字尽可麻麻糊糊通用；不过要留心声调与姿态，别显出拍胸脯指鼻尖的神儿。若是还要谨慎些，在北京可以说“咱”，说“俺”，在南方可以说“我们”；“咱”和“俺”原来也都是闭口音，与“我们”同是众数。自称用众数，表示听话的也在内，“我”说话，像是你和我或你我他联合宣言；这么着，我的责任就有人分担，谁也不能说我自以为是了。也有说“自己”的，如“只怪自己不好”，“自己没主意，怨谁！”但同样的句子用来指你我也成。至于说“我自己”，那却是加重的语气，与这个不同。又有说“某人”，“某某人”的；如张三说，“他们老疑心这是某人做的，其实我一点也不知道。”这个“某人”就是张三，但得随手用“我”字点明。若说“张某人岂是那样的人！”却容易明白。又有说“人”，“别人”，“人家”，“别人家”的；如，“这可叫人怎么办？”“也不管人家死活。”指你我也成。这些都是用他称（单数与众数）替代自称，将自己说成别人；但都不是明确的替代，要靠上下文，加上声调姿态，才能显出作用，不像替代对称那样。而其中如“自己”，“某人”，能替代“我”的时候也不多，可见自称在我的关系多，在人的关系少，老老实实用“我”字也无妨；所以历来并不十分费心思去找替代的名词。

演说称“兄弟”，“鄙人”，“个人”或自己名字，会议称“本席”，也是他称替代自称，却一听就明白。因为这几个名词，除“兄弟”代“我”，平常谈话里还偶然用得着之外，别的差不多都已成了向公众说话专用的自称。“兄弟”，“鄙人”全是谦词，“兄弟”亲昵些；“个人”就是“自己”；称名字不带姓，好像对尊长说话。——称名字的还有仆役与幼儿。仆役称名字兼带姓，如“张顺不敢”。幼儿自称乳名，却因为自我观念还未十分发达，听见人家称自己乳名，也就如法炮制，可叫大人听着乐，为的是“像煞有介事”。——“本席”指“本席的人”，原来也该是谦称；但以此自称的人往往有一种訑訑然的声调姿态，所以反觉得傲慢了。这大约是“本”字作怪，从“本总司令”到“本县长”，虽也是以他称替代自称，可都是告诫下属的口气，意在显出自己的身份，让他们知所敬畏。这种自称用的机会却不多。对同辈也偶然有要自称职衔的时候，可不用“本”字而用“敝”字。但“司令”可“敝”，“县长”可“敝”，“人”却“敝”不得；“敝人”是凉薄之人，自己骂得未免太苦了些。同辈间也可用“本”字，是在开玩笑的当儿，如“本科员”，“本书记”，“本教员”，取其气昂昂的，有俯视一切的样子。

他称比“我”更显得傲慢的还有；如“老子”，“咱老子”，“大爷我”，“我某几爷”，“我某某某”。老子本非同辈相称之词，虽然加上众数的“咱”，似乎只是壮声威，并不为的分责任。“大爷”，“某几爷”也都是尊称，加在“我”上，是增加“我”的气焰的。对同辈自称姓名，表示自己完全是个无关系的陌生人；本不如此，偏取了如此态度，将听话的远远地推开去，再加上“我”，更是神气。这些“我”字都是重读的。但除了“我某某某”，那几个别的称呼大概是丘八流氓用得多。他称也有比“我”显得亲昵的。如对儿女自称“爸爸”，“妈”，说“爸爸疼你”，“妈在这儿，别害怕”。对他们称“我”的太多了，对他们称“爸爸”，“妈”的却只有两个人，他们最亲昵的两个人。所以他们听起来，“爸爸”，“妈”比“我”鲜明得多。幼儿更是这样；他们既然还不甚懂得什么是“我”，用“爸爸”，“妈”就更要鲜明些。听了这两个名字，不用捉摸，立刻知道是谁而得着安慰；特别在他们正专心一件事或者快要睡觉的时候。若加上“你”，说“你爸爸”“你妈”，没有“我”，只有“你的”，让大些的孩子听了，亲昵的意味更多。对同辈自称“老某”，如“老张”，或“兄弟我”，如“交给兄弟我办吧，没错儿”，也是亲昵的口气。“老某”本是称人之词。单称姓，表示彼此非常之熟，一提到姓就会想起你，再不用别的；同姓的虽然无数，而提到这一姓，却偏偏只想起你。“老”字本是敬辞，但平常说笑惯了的人，忽然敬他一下，只是惊他以取乐罢了；姓上加“老”字，原来怕不过是个玩笑，正和“你老先生”，“你老人家”有时候用作滑稽的敬语一样。日子久了，不觉得，反变成“熟得很”的意思。于是自称“老张”，就是“你熟得很的张”，不用说，顶亲昵的。“我”在“兄弟”之下，指的是做兄弟的“我”，当然比平常的“我”客气些；但既有他称，还用自称，特别着重那个“我”，多少免不了自负的味儿。这个“我”字也是重读的。用“兄弟我”的也以江湖气的人为多。自称常可省去；或因叙述的方便，或因答语的方便，或因避免那傲慢的字。

“他”字也须因人而施，不能随便用。先得看“他”在不在旁边儿。还得看“他”与说话的和听话的关系如何——是长辈，同辈，晚辈，还是不相干的，不相识的？北平有个“怹”字，用以指在旁边的别人与不在旁边的尊长；别人既在旁边听着，用个敬词，自然合式些。这个字本来也是闭口音，与“您”字同是众数，是“他们”所从出。可是不常听见人说；常说的还是“某先生”。也有称职衔，行业，身份，行次，姓名号的。“他”和“你”“我”情形不同，在旁边的还可指认，不在旁边的必得有个前词才明白。前词也不外乎这五样儿。职衔如“部长”，“经理”。行业如店主叫“掌柜的”，手艺人叫“某师傅”，是通称；做衣服的叫“裁缝”，做饭的叫“厨子”，是特称。身份如妻称夫为“六斤的爸爸”，洋车夫称坐车人为“坐儿”，主人称女仆为“张妈”，“李嫂”。——“妈”，“嫂”，“师傅”都是尊长之称，却用于既非尊长，又非同辈的人，也许称“张妈”是借用自己孩子们的口气，称“师傅”是借用他徒弟的口气，只有称“嫂”才是自己的口气，用意都是要亲昵些。借用别人口气表示亲昵的，如媳妇跟着他孩子称婆婆为“奶奶”，自己矮下一辈儿；又如跟着熟朋友用同样的称呼称他亲戚，如“舅母”，“外婆”等，自己近走一步儿；只有“爸爸”，“妈”，假借得极少。对于地位同的既可如此假借，对于地位低的当然更可随便些；反正谁也明白，这些不过说得好听罢了。——行次如称朋友或儿女用“老大”，“老二”；称男仆也常用“张二”，“李三”。称号在亲子间，夫妇间，朋友间最多，近亲与师长也常这么称。称姓名往往是不相干的人。有一回政府不让报上直称当局姓名，说应该称衔带姓，想来就是恨这个不相干的劲儿。又有指点似地说“这个人”“那个人”的，本是疏远或轻贱之称。可是有时候不愿，不便，或不好意思说出一个人的身份或姓名，也用“那个人”；这里头却有很亲昵的，如要好的男人或女人，都可称“那个人”。至于“这东西”，“这家伙”，“那小子”，是更进一步；爱憎同辞，只看怎么说出。又有用泛称的，如“别怪人”，“别怪人家”，“一个人别太不知足”，“人到底是人”。但既是泛称，指你我也未尝不可。又有用虚称的，如“他说某人不好，某人不好”；“某人”虽确有其人，却不定是谁，而两个“某人”所指也非一人。还有“有人”就是“或人”。用这个称呼有四种意思：一是不知其人，如“听说有人译这本书”。二是知其人而不愿明言，如“有人说怎样怎样”，这个人许是个大人物，自己不愿举出他的名字，以免矜夸之嫌。这个人许是个不甚知名的脚色，提起来听话的未必知道，乐得不提省事。又如“有人说你的闲话”，却大大不同。三是知其人而不屑明言，如“有人在一家报纸上骂我”。四是其人或他的关系人就在一旁，故意“使子闻之”；如，“有人不乐意，我知道。”“我知道，有人恨我，我不怕。”——这么着简直是挑战的态度了。又有前词与“他”字连文的，如“你爸爸他辛苦了一辈子，真是何苦来？”是加重的语气。

亲近的及不在旁边的人才用“他”字；但这个字可带有指点的神儿，仿佛说到的就在眼前一样。自然有些古怪，在眼前的尽管用“您”或别的向远处推；不在的却又向近处拉。其实推是为说到的人听着痛快；他既在一旁，听话的当然看得亲切，口头上虽向远处推无妨。拉却是为听话人听着亲切，让他听而如见。因此“他”字虽指你我以外的别人，也有亲昵与轻贱两种情调，并不含含糊糊的“等量齐观”。最亲昵的“他”，用不着前词；如流行甚广的“看见她”歌谣里的“她”字——一个多情多义的“她”字。这还是在眼前的。新婚少妇谈到不在眼前的丈夫，也往往没头没脑地说“他如何如何”，一面还红着脸儿。但如“管他，你走你的好了”，“他——他只比死人多口气”，就是轻贱的“他”了。不过这种轻贱的神儿若“他”不在一旁却只能从上下文看出；不像说“你”的时候永远可以从听话的一边直接看出。“他”字除人以外，也能用在别的生物及无生物身上；但只在孩子们的话里如此。指猫指狗用“他”是常事；指桌椅指树木也有用“他”的时候。譬如孩子让椅子绊了一交，哇的哭了；大人可以将椅子打一下，说“别哭。是他不好。我打他”。孩子真会相信，回嗔作喜，甚至于也捏着小拳头帮着捶两下。孩子想着什么都是活的，所以随随便便地“他”呀“他”的，大人可就不成。大人说“他”，十回九回指人；别的只称名字，或说“这个”，“那个”，“这东西”，“这件事”，“那种道理”。但也有例外，像“听他去吧”，“管他成不成，我就是这么办”。这种“他”有时候指事不指人。还有个“彼”字，口语里已废而不用，除了说“不分彼此”，“彼此都是一样”。这个“彼”字不是“他”而是与“这个”相对的“那个”，已经在“人称”之外。“他”字不能省略，一省就与你我相混；只除了在直截的答语里。

代词的三称都可用名词替代，三称的单数都可用众数替代，作用是“敬而远之”。但三称还可互代；如“大难临头，不分你我”，“他们你看我，我看你，一句话不说”，“你”“我”就是“彼”“此”。又如“此公人弃我取”，“我”是“自己”。又如论别人，“其实你去不去与人无干，我们只是尽朋友之道罢了。”“你”实指“他”而言。因为要说得活灵活现，才将三人间变为二人间，让听话的更觉得亲切些。意思既指别人，所以直呼“你”“我”，无需避忌。这都以自称对称替代他称。又如自己责备自己说：“咳，你真糊涂！”这是化一身为两人。又如批评别人，“凭你说干了嘴唇皮，他听你一句才怪！”“你”就是“我”，是让你设身处地替自己想。又如，“你只管不动声色地干下去，他们知道我怎么办？”“我”就是“你”；是自己设身处地替对面人想。这都是着急的口气：我的事要你设想，让你同情我；你的事我代设想，让你亲信我。可不一定亲昵，只在说话当时见得彼此十二分关切就是了。只有“他”字，却不能替代“你”“我”，因为那么着反把话说远了。

众数指的是一人与一人，一人与众人，或众人与众人，彼此间距离本远，避忌较少。但是也有分别；名词替代，还用得着。如“各位”，“诸位”，“诸位先生”，都是“你们”的敬词；“各位”是逐指，虽非众数而作用相同。代词名词连文，也用得着。如“你们这些人”，“你们这班东西”，轻重不一样，却都是责备的口吻。又如发牢骚的时候不说“我们”而说“这些人”，“我们这些人”，表示多多少少，是与众不同的人。但替代“我们”的名词似乎没有。又如不说“他们”而说“人家”，“那些位”，“这班东西”，“那班东西”，或“他们这些人”。三称众数的对峙，不像单数那样明白的鼎足而三。“我们”，“你们”，“他们”相对的时候并不多；说“我们”，常只与“你们”，“他们”二者之一相对着。这儿的“你们”包括“他们”，“他们”也包括“你们”；所以说“我们”的时候，实在只有两边儿。所谓“你们”，有时候不必全都对面，只是与对面的在某些点上相似的人；所谓“我们”，也不一定全在身旁，只是与说话的在某些点上相似的人。所以“你们”，“我们”之中，都有“他们”在内。“他们”之近于“你们”的，就收编在“你们”里；“他们”之近于“我们”的，就收编在“我们”里；于是“他们”就没有了。“我们”与“你们”也有相似的时候，“我们”可以包括“你们”，“你们”就没有了；只剩下“他们”和“我们”相对着。演说的时候，对听众可以说“你们”，也可以说“我们”。说“你们”显得自己高出他们之上，在教训着；说“我们”，自己就只在他们之中，在彼此勉励着。听众无疑的是愿意听“我们”的。只有“我们”，永远存在，不会让人家收编了去；因为没有“我们”，就没有了说话的人。“我们”包罗最广，可以指全人类，而与一切生物无生物对待着。“你们”，“他们”都只能指人类的一部分；而“他们”除了特别情形，只能指不在眼前的人，所以更狭窄些。

北平自称的众数有“咱们”，“我们”两个。第一个发见这两个自称的分别的是赵元任先生。他在《爱丽思漫游奇境记》的凡例里说：

> “咱们”是对他们说的，听话的人也在内的。
>
> “我们”是对你们或他们说的，听话的人不在内的。

赵先生的意思也许说，“我们”是对你们或（你们和）他们说的。这么着“咱们”就收编了“你们”，“我们”就收编了“他们”——不能收编的时候，“我们”就与“你们”，“他们”成鼎足之势。这个分别并非必需，但有了也好玩儿；因为说“咱们”亲昵些，说“我们”疏远些，又多一个花样。北平还有个“俩”字，只能两个，“咱们俩”，“你们俩”，“他们俩”，无非显得两个人更亲昵些；不带“们”字也成。还有

“大家”是同辈相称或上称下之词，可用在“我们”，“你们”，“他们”之下。单用是所有相关的人都在内；加“我们”拉得近些，加“你们”推得远些，加“他们”更远些。至于“诸位大家”，当然是个笑话。

代词三称的领位，也不能随随便便的。生人间还是得用替代，如称自己丈夫为“我们老爷”，称朋友夫人为“你们太太”，称别人父亲为“某先生的父亲”。但向来还有一种简便的尊称与谦称，如“令尊”，“令堂”，“尊夫人”，“令弟”，“令郎”，以及“家父”，“家母”，“内人”，“舍弟”，“小儿”等等。“令”字用得最广，不拘哪一辈儿都加得上，“尊”字太重，用处就少；“家”字只用于长辈同辈，“舍”字，“小”字只用于晚辈。熟人也有用通称而省去领位的，如自称父母为“老人家”，——长辈对晚辈说他父母，也这么称——称朋友家里人为“老太爷”，“老太太”，“太太”，“少爷”，“小姐”；可是没有称人家丈夫为“老爷”或“先生”的，只能称“某先生”，“你们先生”。此外有称“老伯”，“伯母”，“尊夫人”的，为的亲昵些；所省去的却非“你的”而是“我的”。更熟的人可称“我父亲”，“我弟弟”，“你学生”，“你姑娘”，却并不大用“的”字。“我的”往往只用于呼位：如“我的妈呀！”“我的儿呀！”“我的天呀！”被领位若不是人而是事物，却可随便些。“的”字还用于独用的领位，如“你的就是我的”，“去他的”。领位有了“的”字，显得特别亲昵似的。也许“的”字是齐齿音，听了觉得挨挤着，紧缩着，才有此感。平常领位，所领的若是人，而也用“的”字，就好像有些过火；“我的朋友”差不多成了一句嘲讽的话，一半怕就是为了那个“的”

字。众数的领位也少用“的”字。其实真正众数的领位用的机会也少；用的大多是替代单数的。“我家”，“你家”，“他家”有时候也可当众数的领位用，如“你家孩子真懂事”，“你家厨子走了”，“我家运气不好”。北平还有一种特别称呼，也是关于自称领位的。譬如女的向人说：“你兄弟这样长那样短。”“你兄弟”却是她丈夫；男的向人说：“你侄儿这样短，那样长。”“你侄儿”却是他儿子。这也算对称替代自称，可是大规模的；用意可以说是“敬而近之”。因为“近”，才直称“你”。被领位若是事物，领位除可用替代外，也有用“尊”字的，如“尊行”（行次），“尊寓”，但少极；带滑稽味而上“尊”号的却多，如“尊口”，“尊须”，“尊靴”，“尊帽”等等。

外国的影响引我们抄近路，只用“你”，“我”，“他”，“我们”，“你们”，“他们”，倒也是干脆的办法；好在声调姿态变化是无穷的。“他”分为三，在纸上也还有用，口头上却用不着；读“她”为“l”，“它”或“牠”为“ㄊㄜ”，大可不必，也行不开去。“它”或“牠”用得也太洋味儿，真别扭，有些实在可用“这个”“那个”。再说代词用得太多，好些重复是不必要的；而领位“的”字也用得太滥点儿。

一九三三年八月二十五日作。

谈抽烟

有人说，“抽烟有什么好处？还不如吃点口香糖，甜甜的，倒不错。”不用说，你知道这准是外行。口香糖也许不错，可是喜欢的怕是女人孩子居多；男人很少赏识这种玩意儿的；除非在美国，那儿怕有些个例外。一块口香糖得咀嚼老半天，还是嚼不完，凭你怎么斯文，那朵颐的样子，总遮掩不住，总有点儿不雅相。这其实不像抽烟，倒像衔橄榄。你见过衔着橄榄的人？腮帮子上凸出一块，嘴里不时地嗞儿嗞儿的。抽烟可用不着这么费劲；烟卷儿尤其省事，随便一叼上，悠然的就吸起来，谁也不来注意你。抽烟说不上是什么味道；勉强说，也许有点儿苦吧。但抽烟的不稀罕那“苦”而稀罕那“有点儿”。他的嘴太闷了，或者太闲了，就要这么点儿来凑个热闹，让他觉得嘴还是他的。嚼一块口香糖可就太多，甜甜的，够多腻味；而且有了糖也许便忘记了“我”。

抽烟其实是个玩意儿。就说抽卷烟吧，你打开匣子或罐子，抽出烟来，在桌上顿几下，衔上，擦洋火，点上。这其间每一个动作都带股劲儿，像做戏一般。自己也许不觉得，但到没有烟抽的时候，便觉得了。那时候你必然闲得无聊；特别是两只手，简直没放处。再说那吐出的烟，袅袅地缭绕着，也够你一回两回地捉摸；它可以领你走到顶远的地方去。——即便在百忙当中，也可以让你轻松一忽儿。所以老于抽烟的人，一叼上烟，真能悠然遐想。他霎时间是个自由自在的身子，无论他是靠在沙发上的绅士，还是蹲在台阶上的瓦匠。有时候他还能够叼着烟和人说闲话；自然有些含含糊糊的，但是可喜的是那满不在乎的神气。这些大概也算是游戏三昧吧。

好些人抽烟，为的有个伴儿。譬如说一个人单身住在北平，和朋友在一块儿，倒是有说有笑的，回家来，空屋子像水一样。这时候他可以摸出一支烟抽起来，借点儿暖气。黄昏来了，屋子里的东西只剩些轮廓，暂时懒得开灯，也可以点上一支烟，看烟头上的火一闪一闪的，像亲密的低语，只有自己听得出。要是生气，也不妨迁怒一下，使劲儿吸他十来口。客来了，若你倦了说不得话，或者找不出可说的，干坐着岂不着急？这时候最好拈起一支烟将嘴堵上等你对面的人。若是他也这么办，便尽时间在烟子里爬过去。各人抓着一个新伴儿，大可以盘桓一会的。

从前抽水烟旱烟，不过一种不伤大雅的嗜好，现在抽烟却成了派头。抽烟卷儿指头黄了，由它去。用烟嘴不独麻烦，也小气，又跟烟隔得那么老远的。今儿大褂上一个窟窿，明儿坎肩上一个，由他去。一支烟里的尼古丁可以毒死一个小麻雀，也由它去。总之，别别扭扭的，其实也还是个“满不在乎”罢了。烟有好有坏，味有浓有淡，能够辨味的是内行，不择烟而抽的是大方之家。

一九三三年十月十一日作

冬天

说起冬天，忽然想到豆腐。是一“小洋锅”（铝锅）白煮豆腐，热腾腾的。水滚着，像好些鱼眼睛，一小块一小块豆腐养在里面，嫩而滑，仿佛反穿的白狐大衣。锅在“洋炉子”（煤油不打气炉）上，和炉子都熏得乌黑乌黑，越显出豆腐的白。这是晚上，屋子老了，虽点着“洋灯”，也还是阴暗。围着桌子坐的是父亲跟我们哥儿三个。“洋炉子”太高了，父亲得常常站起来，微微地仰着脸，觑着眼睛，从氤氲的热气里伸进筷子，夹起豆腐，一一地放在我们的酱油碟里。我们有时也自己动手，但炉子实在太高了，总还是坐享其成的多。这并不是吃饭，只是玩儿。父亲说晚上冷，吃了大家暖和些。我们都喜欢这种白水豆腐；一上桌就眼巴巴望着那锅，等着那热气，等着热气里从父亲筷子上掉下来的豆腐。

又是冬天，记得是阴历十一月十六晚上，跟S君、P君在西湖里坐小划子。S君刚到杭州教书，事先来信说：“我们要游西湖，不管它是冬天。”那晚月色真好，现在想起来还像照在身上。本来前一晚是“月当头”；也许十一月的月亮真有些特别吧。那时九点多了，湖上似乎只有我们一只划子。有点风，月光照着软软的水波；当间那一溜儿反光，像新研的银子。湖上的山只剩了淡淡的影子。山下偶尔有一两星灯火。S君口占两句诗道：“数星灯火认渔村，淡墨轻描远黛痕。”我们都不大说话，只有均匀的桨声。我渐渐地快睡着了。P君“喂”了一下，才抬起眼皮，看见他在微笑。船夫问要不要上净寺去；是阿弥陀佛生日，那边蛮热闹的。到了寺里，殿上灯烛辉煌，满是佛婆念佛的声音，好像醒了一场梦。这已是十多年前的事了，S君还常常通着信，P君听说转变了好几次，前年是在一个特税局里收特税了，以后便没有消息。

在台州过了一个冬天，一家四口子。台州是个山城，可以说在一个大谷里。只有一条二里长的大街。别的路上白天简直不大见人；晚上一片漆黑。偶尔人家窗户里透出一点灯光，还有走路的拿着的火把；但那是少极了。我们住在山脚下。有的是山上松林里的风声，跟天上一只两只的鸟影。夏末到那里，春初便走，却好像老在过着冬天似的；可是即便真冬天也并不冷。我们住在楼上，书房临着大路；路上有人说话，可以清清楚楚地听见。但因为走路的人太少了，间或有点说话的声音，听起来还只当远风送来的，想不到就在窗外。我们是外路人，除上学校去之外，常只在家里坐着。妻也惯了那寂寞，只和我们爷儿们守着。外边虽老是冬天，家里却老是春天。有一回我上街去，回来的时候，楼下厨房的大方窗开着。并排地挨着她们母子三个；三张脸都带着天真微笑地向着我。似乎台州空空的，只有我们四人；天地空空的，也只有我们四人。那时是民国十年，妻刚从家里出来，满自在。现在她死了快四年了，我却还老记着她那微笑的影子。

无论怎么冷，大风大雪，想到这些，我心上总是温暖的。

择偶记

自己是长子长孙，所以不到十一岁就说起媳妇来了。那时对于媳妇这件事简直茫然，不知怎么一来，就已经说上了。是曾祖母娘家人，在江苏北部的一个小县分的乡下住着。家里人都在那里住过很久，大概也带着我；只是太笨了，记忆里没有留下一点影子，祖母常常躺在烟榻上讲那边的事，提着这个那个乡下人的名字。起初一切都像只在那白腾腾的烟气里。日子久了，不知觉熟悉起来了，亲昵起来了。除了住的地方，当时觉得那叫做“花园庄”的乡下实在是最有趣的地方了。因此听说媳妇就定在那里，倒也仿佛理所当然，毫无意见。每年那边田上有人来，蓝布短打扮，衔着旱烟管，带好些大麦粉，白薯干儿之类。他们偶然也和家里人提到那位小姐，大概比我大四岁，个儿高，小脚；但是那时我热心的其实是那些大麦粉和白薯干儿。

记得是十二岁上，那边捎信来，说小姐痨病死了。家里并没有人叹惜；大约他们看见她时她还小，年代一多，也就想不清是怎样一个人了。父亲其时在外省做官，母亲颇为我亲事着急，便托了常来做衣服的裁缝做媒。为的是裁缝走的人家多，而且可以看见太太小姐。主意并没有错，裁缝来说一家人家，有钱，两位小姐，一位是姨太太生的；他给说的是正太太生的大小姐。他说那边要相亲。母亲答应了，定下日子，由裁缝带我上茶馆。记得那是冬天，到日子母亲让我穿上枣红宁绸袍子，黑宁绸马褂，戴上红帽结儿的黑缎瓜皮小帽，又叮嘱自己留心些。茶馆里遇见那位相亲的先生，方面大耳，同我现在年纪差不多，布袍布马褂，像是给谁穿着孝。这个人倒是慈祥的样子，不住地打量我，也问了些念什么书一类的话。回来裁缝说人家看得很细：说我的“人中”长，不是短寿的样子，又看我走路，怕脚上有毛病。总算让人家看中了，该我们看人家了。母亲派亲信的老妈子去。老妈子报告是，大小姐个儿比我大得多，坐下去满满一圈椅；二小姐倒苗苗条条的。母亲说胖了不能生育，像亲戚谁谁谁；叫裁缝说二小姐。那边似乎生了气，不答应，事情就摧了。

母亲在牌桌上遇见一位太太，她有个女儿，透着聪明伶俐，母亲有了心，回家说那姑娘和我同年，跳来跳去的，还是个孩子。隔了些日子，便托人探探那边口气。那边做的官似乎比父亲的更小，那时正是光复的前年，还讲究这些，所以他们乐意做这门亲。事情已到九成九，忽然出了岔子。本家叔祖母用的一个寡妇老妈子熟悉这家子的事，不知怎么叫母亲打听着了。叫她来问，她的话遮遮掩掩的。到底问出来了，原来那小姑娘是抱来的，可是她一家很宠她，和亲生的一样。母亲心冷了。过了两年，听说她已生了痨病，吸上鸦片烟了。母亲说，幸亏当时没有定下来。我已懂得一些事了，也这么想着。

光复那年，父亲生伤寒病，请了许多医生看。最后请着一位武先生，那便是我后来的岳父。有一天，常去请医生的听差回来说，医生家有位小姐。父亲既然病着，母亲自然更该担心我的事。一听这话，便追问下去。听差原只顺口谈天，也说不出个所以然。母亲便在医生来时，叫人问他轿夫，那位小姐是不是他家的。轿夫说是的。母亲便和父亲商量，托舅舅问医生的意思。那天我正在父亲病榻旁，听见他们的对话。舅舅问明了小姐还没有人家，便说，像 × 翁这样人家怎末样？医生说，很好呀。话到此为止，接着便是相亲；还是母亲那个亲信的老妈子去。这回报告不坏，说是脚大些。事情这样定局，母亲请轿夫回去说，让小姐裹上点儿脚。妻嫁过来后，说相亲的时候早躲开了，看见的是另一个人。至于轿夫捎的信儿，却引起了一段小小风波。岳父对岳母说，早叫你给她裹脚，你不信；瞧，人家怎么说来着！岳母说，偏偏不裹，看他家怎么样！可是到底采取了折衷的办法，直到妻嫁过来的时候。

二十三年三月作。

说扬州

在第十期上看到曹聚仁先生的《闲话扬州》，比那本出名的书有味多了。不过那本书将扬州说得太坏，曹先生又未免说得太好；也不是说得太好，他没有去过那里，所说的只是从诗赋中，历史上得来的印象。这些自然也是扬州的一面，不过已然过去，现在的扬州却不能再给我们那种美梦。

自己从七岁到扬州，一住十三年，才出来念书。家里是客籍，父亲又是在外省当差事的时候多，所以与当地贤豪长者并无来往。他们的雅事，如访胜，吟诗，赌酒，书画名家，烹调佳味，我那时全没有份，也全不在行。因此虽住了那么多年，并不能做扬州通，是很遗憾的。记得的只是光复的时候，父亲正病着，让一个高等流氓凭了军政府的名字，敲了一竹杠；还有，在中学的几年里，眼见所谓“甩子团”横行无忌。“甩子”是扬州方言，有时候指那些“怯”的人，有时候指那些满不在乎的人。“甩子团”不用说是后一类；他们多数是绅宦家子弟，仗着家里或者“帮”里的势力，在各公共场所闹标劲，如看戏不买票，起哄等等，也有包揽词讼，调戏妇女的。更可怪的，大乡绅的仆人可以指挥警察区区长，可以大模大样招摇过市——这都是民国五六年的事，并非前清君主专制时代。自己当时血气方刚，看了一肚子气；可是人微言轻，也只好让那口气憋着罢了。

从前扬州是个大地方，如曹先生那文所说；现在盐务不行了，简直就算个没“落儿”的小城。

可是一般人还忘其所以地要气派，自以为美，几乎不知天多高地多厚。这真是所谓“夜郎自大”了。扬州人有“扬虚子”的名字；这个“虚子”有两种意思，一是大惊小怪，二是以少报多，总而言之，不离乎虚张声势的毛病。他们还有个“扬盘”的名字，譬如东西买贵了，人家可以笑话你是“扬盘”；又如店家价钱要的太贵，你可以诘问他，“把我当扬盘着么？”盘是捧出来给别人看的，正好形容要气派的扬州人。又有所谓“商派”，讥笑那些仿效盐商的奢侈生活的人，那更是气派中之气派了。但是这里只就一般情形说，刻苦诚笃的君子自然也有；我所敬爱的朋友中，便不缺乏扬州人。

提起扬州这地名，许多人想到的是出女人的地方。但是我长到那么大，从来不曾在街上见过一个出色的女人，也许那时女人还少出街吧？不过从前人所谓“出女人”，实在指姨太太与妓女而言；那个“出”字就和出羊毛，出苹果的“出”字一样。《陶庵梦忆》里有“扬州瘦马”一节，就记的这类事；但是我毫无所知。不过纳妾与狎妓的风气渐渐衰了，“出女人”那句话怕迟早会失掉意义的吧。

另有许多人想，扬州是吃得好的地方。这个保你没错儿。

北平寻常提到江苏菜，总想着是甜甜的腻腻的。现在有了淮扬菜，才知道江苏菜也有不甜的；但还以为油重，和山东菜的清淡不同。其实真正油重的是镇江菜，上桌子常教你腻得无可奈何。扬州菜若是让盐商家的厨子做起来，虽不到山东菜的清淡，却也滋润，利落，决不腻嘴腻舌。不但味道鲜美，颜色也清丽悦目。扬州又以面馆著名。好在汤味醇美，是所谓白汤，由种种出汤的东西如鸡鸭鱼肉等熬成，好在它的厚，和啖熊掌一般。也有清汤，就是一味鸡汤，倒并不出奇。内行的人吃面要“大煮”；普通将面挑在碗里，浇上汤，“大煮”是将面在汤里煮一会，更能入味些。

扬州最著名的是茶馆；早上去下午去都是满满的。吃的花样最多。坐定了沏上茶，便有卖零碎的来兜揽，手臂上挽着一个黯淡的柳条筐，筐子里摆满了一些小蒲包分放着瓜子花生炒盐豆之类。又有炒白果的，在担子上铁锅爆着白果，一片铲子的声音。得先告诉他，才给你炒。炒得壳子爆了，露出黄亮的仁儿，铲在铁丝罩里送过来，又热又香。还有卖五香牛肉的，让他抓一些，摊在干荷叶上；叫茶房拿点好麻酱油来，拌上慢慢地吃，也可向卖零碎的买些白酒——扬州普通都喝白酒——喝着。这才叫茶房烫干丝。北平现在吃干丝，都是所谓煮干丝；那是很浓的，当菜很好，当点心却未必合式。烫干丝先将一大块方的白豆腐干飞快地切成薄片，再切为细丝，放在小碗里，用开水一浇，干丝便熟了；逼去了水，抟成圆锥似的，再倒上麻酱油，搁一撮虾米和干笋丝在尖儿，就成。说时迟，那时快，刚瞧着在切豆腐干，一眨眼已端来了。烫干丝就是清得好，不妨碍你吃别的。接着该要小笼点心。北平淮扬馆子出卖的汤包，诚哉是好，在扬州却少见；那实在是淮阴的名字，扬州不该掠美。扬州的小笼点心，肉馅儿的，蟹肉馅儿的，笋肉馅儿的且不用说，最可口的是菜包子菜烧卖，还有干菜包子。菜选那最嫩的，剁成泥，加一点儿糖一点儿油，蒸得白生生的，热腾腾的，到口轻松地化去，留下一丝儿余味。干菜也是切碎，也是加一点儿糖和油，燥湿恰到好处；细细地咬嚼，可以嚼出一点橄榄般的回味来。这么着每样吃点儿也并不太多。要是有饭局，还尽可以从容地去。但是要老资格的茶客才能这样有分寸；偶尔上一回茶馆的本地人外地人，却总忍不住狼吞虎咽，到了儿捧着肚子走出。

扬州游览以水为主，以船为主，已另有文记过，此处从略。城里城外古迹很多，如“文选楼”，“天保城”，“雷塘”，“二十四桥”等，却很少人留意；大家常去的只是史可法的“梅花岭”罢了。倘若有相当的假期，邀上两三个人去寻幽访古倒有意思；自然，得带点花生米，五香牛肉，白酒。

一九三四年十月十四日作。

南京

南京是值得留连的地方，虽然我只是来来去去，而且又都在夏天。也想夸说夸说，可惜知道的太少；现在所写的，只是一个旅行人的印象罢了。

逛南京像逛古董铺子，到处都有些时代侵蚀的遗痕。你可以摩挲，可以凭吊，可以悠然遐想；想到六朝的兴废，王谢的风流，秦淮的艳迹。这些也许只是老调子，不过经过自家一番体贴，便不同了。所以我劝你上鸡鸣寺去，最好选一个微雨天或月夜。在朦胧里，才酝酿着那一缕幽幽的古味。你坐在一排明窗的豁蒙楼上，吃一碗茶，看面前苍然蜿蜒着的台城。台城外明净荒寒的玄武湖就像大涤子的画。豁蒙楼一排窗子安排得最有心思，让你看的一点不多，一点不少。寺后有一口灌园的井，可不是那陈后主和张丽华躲在一堆儿的“胭脂井”。那口胭脂井不在路边，得破费点工夫寻觅。井栏也不在井上；要看，得老远地上明故宫遗址的古物保存所去。

从寺后的园地，拣着路上台城；没有垛子，真像平台一样。踏在茸茸的草上，说不出的静。夏天白昼有成群的黑蝴蝶，在微风里飞；这些黑蝴蝶上下旋转地飞，远看像一根粗的圆柱子。城上可以望南京的每一角。这时候若有个熟悉历代形势的人，给你指点，隋兵是从这角进来的，湘军是从那角进来的，你可以想象异样装束的队伍，打着异样的旗帜，拿着异样的武器，汹汹涌涌地进来，远远仿佛还有哭喊之声。假如你记得一些金陵怀古的诗词，趁这时候暗诵几回，也可印证印证，许更能领略作者当日的情思。

从前可以从台城爬出去，到玄武湖边；若是月夜，两三个人，两三个零落的影子，歪歪斜斜地挪移下去，够多好。现在可不成了，得出寺，下山，绕着大弯儿出城。七八年前，湖里几乎长满了苇子，一味地荒寒，虽有好月光，也不大能照到水上；船又窄，又小，又漏，叫人逛着愁着。这几年大不同了，一出城，看见湖，就有烟水苍茫之意；船也大多了，有藤椅子可以躺着。水中岸上都光光的；亏得湖里有五个洲子点缀着，不然便一览无余了。这里的水是白的，又有波澜，俨然长江大河的气势，与西湖的静绿不同，最宜于看月，一片空蒙，无边无界。若在微醺之后，迎着小风，似睡非睡地躺在藤椅上，听着船底汩汩的波响与不知何方来的箫声，真会叫你忘却身在那里。五个洲子似乎都局促无可看，但长堤宛转相通，却值得走走。湖上的樱桃最出名。据说樱桃熟时，游人在树下现买，现摘，现吃，谈着笑着，多热闹的。

清凉山在一个角落里，似乎人迹不多。扫叶楼的安排与豁蒙楼相仿佛，但窗外的景象不同。这里是滴绿的山环抱着，山下一片滴绿的树；那绿色真是扑到人眉宇上来。若许我再用画来比，这怕像王石谷的手笔了。在豁蒙楼上不容易坐得久，你至少要上台城去看看。在扫叶楼上却不想走；窗外的光景好像满为这座楼而设，一上楼便什么都有了。夏天去确有一股“清凉”味。这里与豁蒙楼全有素面吃，又可口，又贱。

莫愁湖在华严庵里。湖不大，又不能泛舟，春天却有荷花荷叶。临湖一带屋子，凭栏眺望，也颇有远情。莫愁小像，在胜棋楼下，不知谁画的，大约不很古吧；但脸子开得秀逸之至，衣褶也柔活之至，大有“挥袖凌虚翔”的意思；若让我题，我将毫不踌躇地写上“仙乎仙乎”四字。另有石刻的画像，也在这里，想来许是那一幅画所从出；但生气反而差得多。这里虽也临湖，因为屋子深，显得阴暗些；可是古色古香，阴暗得好。诗文联语当然多，只记得王湘绮的半联云：“莫轻他北地胭脂，看艇子初来，江南儿女无颜色。”气概很不错。所谓胜棋楼，相传是明太祖与徐达下棋，徐达胜了，太祖便赐给他这一所屋子。太祖那样人，居然也会做出这种雅事来了。左手临湖的小阁却敞亮得多，也敞亮得好。有曾国藩画像，忘记是谁横题着“江天小阁坐人豪”一句。我喜欢这个题句，“江天”与“坐人豪”，景象阔大，使得这屋子更加开朗起来。

秦淮河我已另有记。但那文里所说的情形，现在已大变了。从前读《桃花扇》《板桥杂记》一类书，颇有沧桑之感；现在想到自己十多年前身历的情形，怕也会有沧桑之感了。前年看见夫子庙前旧日的画舫，那样狼狈的样子，又在老万全酒栈看秦淮河水，差不多全黑了，加上巴掌大，透不出气的所谓秦淮小公园，简直有些厌恶，再别提做什么梦了。贡院原也在秦淮河上，现在早拆得只剩一点儿了。民国五年父亲带我去看过，已经荒凉不堪，号舍里草都长满了。父亲曾经办过江南闱差，熟悉考场的情形，说来头头是道。他说考生入场时，都有送场的，人很多，门口闹嚷嚷的。天不亮就点名，搜夹带。大家都归号。似乎直到晚上，头场题才出来，写在灯牌上，由号军扛着在各号里走。所谓“号”，就是一条狭长的胡同，两旁排列着号舍，口儿上写着什么天字号，地字号等等的。每一号舍之大，恰好容一个人坐着；从前人说是像轿子，真不错。几天里吃饭，睡觉，做文章，都在这轿子里；坐的伏的各有一块硬板，如是而已。官号稍好一些，是给达官贵人的子弟预备的，但得补褂朝珠地入场，那时是夏秋之交，天还热，也够受的。父亲又说，乡试时场外有兵巡逻，防备通关节。场内也竖起黑幡，叫鬼魂们有冤报冤，有仇报仇；我听到这里，有点毛骨悚然。现在贡院已变成碎石路；在路上走的人，怕很少想起这些事情的了吧？

明故宫只是一片瓦砾场，在斜阳里看，只感到李太白《忆秦娥》的“西风残照，汉家陵阙”二语的妙。午门还残存着，遥遥直对洪武门的城楼，有万千气象。古物保存所便在这里，可惜规模太小，陈列得也无甚次序。明孝陵道上的石人石马，虽然残缺零乱，还可见泱泱大风；享殿并不巍峨，只陵下的隧道，阴森袭人，夏天在里面待着，凉风沁人肌骨。这陵大概是开国时草创的规模，所以简朴得很；比起长陵，差得真太远了。然而简朴得好。

雨花台的石子，人人皆知；但现在怕也捡不着什么了。那地方毫无可看。记得刘后村的诗云："昔年讲师何处在，高台犹以'雨花'名。有时宝向泥寻得，一片山无草敢生。"我所感的至多也只如此。还有，前些年南京枪决囚人都在雨花台下，所以洋车夫遇见别的车夫和他争先时，常说，"忙什么！赶雨花台去！"这和从前北京车夫说"赶菜市口儿"一样。现在时移势异，这种话渐渐听不见了。

燕子矶在长江里看，一片绝壁，危亭翼然，的确惊心动魄。但到了上边，逼窄污秽，毫无可以盘桓之处。燕山十二洞，去过三个。只三台洞层层折折，由幽入明，别有匠心，可是也年久失修了。

南京的新名胜，不用说，首推中山陵。中山陵全用青白两色，以象征青天白日，与帝王陵寝用红墙黄瓦的不同。假如红墙黄瓦有富贵气，那青琉璃瓦的享堂，青琉璃瓦的碑亭却有名贵气。从陵门上享堂，白石台阶不知多少级，但爬得够累的；然而你远看，决想不到会有这么多的台阶儿。这是设计的妙处。德国波慈达姆无愁宫前的石阶，也同此妙。享堂进去也不小；可是远处看，简直小得可以，和那白石的飞阶不相称，一点儿压不住，仿佛高个儿戴着小尖帽。近处山角里一座阵亡将士纪念塔，粗粗的，矮矮的，正当着一个青青的小山峰，让两边儿的山紧紧抱着，静极，稳极。——谭墓没去过，听说颇有点丘壑。中央运动场也在中山陵近处，全仿外洋的样子。全国运动会时，也不知有多少照相与描写登在报上；现在是时髦的游泳的地方。

若要看旧书，可以上江苏省立图书馆去。这在汉西门龙蟠里，也是一个角落里。这原是江南图书馆，以丁丙的善本书室藏书为底子；词曲的书特别多。此外中央大学图书馆近年来也颇有不少书。中央大学是个散步的好地方。宽大，干净，有树木；黄昏时去兜一个或大或小的圈儿，最有意思。后面有个梅庵，是那会写字的清道人的遗迹。这里只是随宜地用树枝搭成的小小的屋子。庵前有一株六朝松，但据说实在是六朝桧；桧阴遮住了小院子，真是不染一尘。

南京茶馆里干丝很为人所称道。但这些人必没有到过镇江，扬州，那儿的干丝比南京细得多，又从来不那么甜。我倒是觉得芝麻烧饼好，一种长圆的，刚出炉，既香，且酥，又白，大概各茶馆都有。咸板鸭才是南京的名产，要热吃，也是香得好；肉要肥要厚，才有咬嚼。但南京人都说盐水鸭更好，大约取其嫩，其鲜；那是冷吃的，我可不知怎样，老觉得不大得劲儿。

一九三四年八月十二日作。

潭柘寺 戒坛寺

早就知道潭柘寺，戒坛寺。在商务印书馆的《北平指南》上，见过潭柘的铜图，小小的一块，模模糊糊的，看了一点没有想去的意思。后来不断地听人说起这两座庙；有时候说路上不平静，有时候说路上红叶好。说红叶好的劝我秋天去；但也有人劝我夏天去。有一回骑驴上八大处，赶驴的问逛过潭柘没有，我说没有。他说潭柘风景好，那儿满是老道，他去过，离八大处七八十里地，坐轿骑驴都成。我不大喜欢老道的装束，尤其是那满蓄着的长头发，看上去罗里罗唆，龌里龌龊的。更不想骑驴走七八十里地，因为我知道驴子与我都受不了。真打动我的倒是“潭柘寺”这个名字。不懂不是？就是不懂的妙。躲懒的人念成“潭拓寺”，那更莫名其妙了。这怕是中国文法的花样；要是来个欧化，说是“潭和柘的寺”，那就用不着咬嚼或吟味了。还有在一部诗话里看见近人咏戒台松的七古，诗腾挪夭矫，想来松也如此。所以去。但是在夏秋之前的春天，而且是早春；北平的早春是没有花的。

这才认真打听去过的人。有的说住潭柘好，有的说住戒坛好。有的人说路太难走，走到了筋疲力尽，再没兴致玩儿；有人说走路有意思。又有人说，去时坐了轿子，半路上前后两个轿夫吵起来，把轿子搁下，直说不抬了。于是心中暗自决定，不坐轿，也不走路；取中道，骑驴子。又按普通说法，总是潭柘寺在前，戒坛寺在后，想着戒坛寺一定远些；于是决定住潭柘，因为一天回不来，必得住。门头沟下车时，想着人多，怕雇不着许多驴，但是并不然——雇驴的时候，才知道戒坛去便宜一半，那就是说近一半。这时候自己忽然逞起能来，要走路。走吧。

这一段路可够瞧的。像是河床，怎么也挑不出没有石子的地方，脚底下老是绊来绊去的，叫人心烦。又没有树木，甚至于没有一根草。这一带原是煤窑，拉煤的大车往来不绝，尘土里饱和着煤屑，变成黯淡的深灰色，叫人看了透不出气来。走一点钟光景。自己觉得已经有点办不了，怕没有走到便筋疲力尽；幸而山上下来一条驴，如获至宝似地雇下，骑上去。这一天东风特别大。平常骑驴就不稳，风一大真是祸不单行。山上东西都有路，很窄，下面是斜坡；本来从西边走，驴夫看风势太猛，将驴拉上东路。就这么着，有一回还几乎让风将驴吹倒；若走西边，没有准儿会驴我同归哪。想起从前人画风雪骑驴图，极是雅事；大概那不是上潭柘寺去的。驴背上照例该有些诗意，但是我，下有驴子，上有帽子眼镜，都要照管；又有迎风下泪的毛病，常要掏手巾擦干。当其时真恨不得生出第三只手来才好。

东边山峰渐起，风是过不来了；可是驴也骑不得了，说是坎儿多。坎儿可真多。这时候精神倒好起来了：崎岖的路正可以练腰脚，处处要眼到心到脚到，不像平地上。人多更有点竞赛的心理，总想走上最前头去，再则这儿的山势虽然说不上险，可是突兀，丑怪，巉刻的地方有的是。我们说这才有点儿山的意思；老像八大处那样，真叫人气闷闷的。于是一直走到潭柘寺后门；这段坎儿路比风里走过的长一半，小驴毫无用处，驴夫说："咳，这不过给您做个伴儿！"

墙外先看见竹子，且不想进去。又密，又粗，虽然不够绿。北平看竹子，真不易。又想到八大处了，大悲庵殿前那一溜儿，薄得可怜，细得也可怜，比起这儿，真是小巫见大巫了。进去过一道角门，门旁突然亭亭地矗立着两竿粗竹子，在墙上紧紧地挨着；要用批文章的成语，这两竿竹子足称得起"天外飞来之笔"。

正殿屋角上两座琉璃瓦的鸱吻，在台阶下看，值得徘徊一下。神话说殿基本是青龙潭，一夕风雨，顿成平地，涌出两鸱吻。只可惜现在的两座太新鲜，与神话的朦胧幽秘的境界不相称。但是还值得看，为的是大得好，在太阳里嫩黄得好，闪亮得好；那拴着的四条黄铜链子也映衬得好。寺里殿很多，层层折折高上去，走起来已经不平凡，每殿大小又不一样，塑像摆设也各出心裁。看完了，还觉得无穷无尽似的。正殿下延清阁是待客的地方，远处群山像屏障似的。屋子结构甚巧，穿来穿去，不知有多少间，好像一所大宅子。可惜尘封不扫，我们住不着。话说回来，这种屋子原也不是预备给我们这么多人挤着住的。寺门前一道深沟，上有石桥；那时没有水，若是现在去，倚在桥上听潺潺的水声，倒也可以忘我忘世。过桥四株马尾松，枝枝覆盖，叶叶交通，另成一个境界。西边小山上有个古观音洞。洞无可看，但上去时在山坡上看潭柘的侧面，宛如仇十洲的《仙山楼阁图》；往下看是陡峭的沟岸，越显得深深无极，潭柘简直有海上蓬莱的意味了。寺以泉水著名，到处有石槽引水长流，倒也涓涓可爱。只是流觞亭雅得那样俗，在石地上楞刻着蚰蜒般的槽；那样流觞，怕只有孩子们愿意干。现在兰亭的"流觞曲水"也和这儿的一鼻孔出气，不过规模大些。晚上因为带的铺盖薄，冻得睁着眼，却听了一夜的泉声；心里想要不冻着，这泉声够多清雅啊！寺里并无一个老道，但那几个和尚，满身铜臭，满眼势利，叫人老不能忘记，倒也麻烦的。

第二天清早，二十多人满雇了牲口，向戒坛而去，颇有浩浩荡荡之势。我的是一匹骡子，据说稳得多。这是第一回，高高兴兴骑上去。这一路要翻罗喉岭。只是土山，可是道儿窄，又曲折；虽不高，老那么凸凸凹凹的。许多处只容得一匹牲口过去。平心说，是险点儿。想起古来用兵，从间道袭敌人，许也是这种光景吧。

戒坛在半山上，山门是向东的。一进去就觉得平旷；南面只有一道低低的砖栏，下边是一片平原，平原尽处才是山，与众山屏蔽的潭柘气象便不同。进二门，更觉得空阔疏朗，仰看正殿前的平台，仿佛汪洋千顷。这平台东西很长，是戒坛最胜处，眼界最宽，叫人想起"振衣千仞冈"的诗句。三株名松都在这里。"卧龙松"与"抱塔松"同是偃仆的姿势，身躯奇伟，鳞甲苍然，有飞动之意。"九龙松"老干槎枒，如张牙舞爪一般。若在月光底下，森森然的松影当更有可看。

此地最宜低徊流连，不是匆匆一览所可领略。潭柘以层折胜，戒坛以开朗胜；但潭柘似乎更幽静些。戒坛的和尚，春风满面，却远胜于潭柘的；我们之中颇有悔不该住潭柘的。戒坛后山上也有个观音洞。洞宽大而深，大家点了火把嚷嚷闹闹地下去；半里光景的洞满是油烟，满是声音。洞里有石虎，石龟，上天梯，海眼等等，无非是凑凑人的热闹而已。

还是骑骡子。回到长辛店的时候，两条腿几乎不是我的了。

一九三四年八月三日作。

乙辑

《忆》跋

小燕子其实也无所爱，

只是沉浸在朦胧而飘忽的夏夜梦里罢了。

——《忆》第三十五首

人生若真如一场大梦，这个梦倒也很有趣的。在这个大梦里，一定还有长长短短，深深浅浅，肥肥瘦瘦，甜甜苦苦，无数无数的小梦。有些已经随着日影飞去；有些还远着哩。飞去的梦便是飞去的生命，所以常常留下十二分的惋惜，在人们心里。人们往往从“现在的梦”里走出，追寻旧梦的踪迹，正如追寻旧日的恋人一样；他越过了千重山，万重水，一直地追寻去。这便是“忆的路”。“忆的路”是愈过愈广阔的，是愈过愈平坦的；曲曲折折的路旁，隐现着几多的驿站，是行客们休止的地方。最后的驿站，在白板上写着朱红的大字：“儿时”。这便是“忆的路”的起点，平伯君所徘徊而不忍去的。

飞去的梦因为飞去的缘故，一例是甜蜜蜜而又酸溜溜的。这便合成了别一种滋味，就是所谓惆怅。而“儿时的梦”和现在差了一世界，那酝酿着的惆怅的味儿，更其肥腴得可以，真腻得人没法儿！你想那颗一丝不挂却又爱着一切的童心，眼见得在那隐约的朝雾里，凭你怎样招着你的手儿，总是不回到腔子里来；这是多么“缺”呢？于是平伯君觉着闷得慌，便老老实实地，像春日的轻风在绿树间微语一般，低低地，密密地将他的可忆而不可捉的“儿时”诉给你。他虽然不能长住在那“儿时”里，但若能多招呼几个伴侣去徘徊几番，也可略减他的空虚之感，那惆怅的味儿，便不至老在他的舌本上腻着了。这是他的聊以解嘲的法门，我们都多少能默喻的。

在朦胧的他儿时的梦里，有像红蜡烛的光一跳一跳的，便是爱。他爱故事讲得好的姊姊，他爱唱沙软而重的眠歌的乳母，他爱流苏帽儿的她。他也爱翠竹丛里一万的金点子和小枕头边一双小红橘子；也爱红绿色的蜡泪和爸爸的顶大的斗篷；也爱翦啊翦啊的燕子和躲在杨柳里的月亮……他有着纯真的，烂漫的心；凡和他接触的，他都与他们稔熟，亲密——他一例地拥抱了他们。所以他是自然（人也在内）的真朋友！

他所爱的还有一件，也得给你提明的，便是黄昏与夜。他说他将像小燕子一样，沉浸在夏夜梦里，便是分明的自白。在他的“忆的路”上，在他的“儿时”里，满布着黄昏与夜的颜色。夏夜是银白色的，带着栀子花儿的香；秋夜是铁灰色的，有青色的油盏火的微芒；春夜最热闹的是上灯节，有各色灯的辉煌，小烛的摇荡；冬夜是数除夕了，红的，绿的，淡黄的颜色，便是年的衣裳。在这些夜里，他那生活的模样儿啊，短短儿的身材，肥肥儿的个儿，甜甜儿的面孔，有着浅浅的笑窝；这就是他的梦，也正是多么可爱的一个孩子！至于那黄昏，都笼罩着银红衫儿，流苏帽儿的她的朦胧影，自然也是可爱的！——但是，他为甚么爱夜呢？聪明的你得问了。我说夜是浑融的，夜是神秘的，夜张开了她无长不长的两臂，拥抱着所有的所有的，但你却瞅不着她的面目，摸不着她的下巴；这便因可惊而觉着十三分的可爱。堂堂的白日，界画分明的白日，分割了爱的白日，岂能如她的系着孩子的心呢？夜之国，梦之国，正是孩子的国呀，正是那时的平伯君的国呀！

平伯君说他的忆中所有的即使是薄薄的影，只要它们历历而可画，他便摇动了那风魔了的眷念。他说“历历而可画”，原是一句绮语；谁知后来真有为他“历历画出”的子恺君呢？他说“薄薄的影”，自是㧑谦的话；但这一个“影”字欲是以实道实，确切可靠的。子恺君便在影子上着了颜色——若根据平伯君的话推演起来，子恺君可说是厚其所薄了。影子上着了颜色，确乎格外分明——我们不但能用我们的心眼看见平伯君的梦，更能用我们的肉眼看见那些梦，于是更摇动了平伯君以外的我们的风魔了的眷念了。而梦的颜色加添了梦的滋味；便是平伯君自己，因这一画啊，只怕也要重落到那闷人的，腻腻的惆怅之中而难以自解了！至于我，我呢，在这双美之前，只能重复我的那句老话："我的光荣啊，我若有光荣啊！"

我的儿时现在真只剩下"薄薄的影"。我的"忆的路"几乎是直如矢的；像被大水洗了一般，寂寞到可惊的程度！这大约因为我的儿时实在太单调了；沙漠般展伸着，自然没有我的"依恋"回翔的余地了。平伯君有他的好时光，而以不能重行占领为恨；我是并没有好时光，说不上占领，我的空虚之感是两重的！但人生毕竟是可以相通的；平伯君诉给我们他的"儿时"，子恺君又画出了它的轮廓，我们深深领受的时候，就当是我们自己所有的好了。"你的就是我的，我的就是你的"，岂止"慰情聊胜无"呢？培根说："读书使人充实"；在另一意义上，你容我说吧，这本小小的书确已使我充实了！

十三，八，十七 温州。

《山野掇拾》

我最爱读游记。现在是初夏了；在游记里却可以看见烂漫的春花，舞秋风的落叶……——都是我惦记着，盼望着的！这儿是白马湖读游记的时候，我却能到神圣庄严的罗马城，纯朴幽静的 Loisieux 村——都是我羡慕着，想像着的！游记里满是梦：“后梦赶走了前梦，前梦又赶走了大前梦。”这样地来了又去，来了又去；像树梢的新月，像山后的晚霞，像田间的萤火，像水上的箫声，像隔座的茶香，像记忆中的少女，这种种都是梦。我在中学时，便读了康更甡的《欧洲十一国游记》，——实在只有（？）意大利游记——当时做了许多好梦；邦渖古城最是我低徊留恋而不忍去的！那时柳子厚的山水诸记，也常常引我入胜。后来得见《洛阳伽蓝记》，记诸寺的繁华壮丽，令我神往；又得见《水经注》，所记奇山异水，或令我惊心动魄，或让我游目骋怀。（我所谓“游记”，意义较通用者稍广，故将后两种也算在内。）这些或记风土人情，或记山川胜迹，或记“美好的昔日”，或记美好的今天，都有或浓或淡的彩色，或工或泼的风致。而我近来读《山野掇拾》，和这些又是不同：在这本书里，写着的只是“大陆的一角”，“法国的一区”，并非特著的胜地，脍炙人口的名所；所以一空依傍，所有的好处都只是作者自己的发见！前举几种中，只有柳子厚的诸作也是如此写出的；但柳氏仅记风物，此书却兼记文化——如 Vicard 序中所言。所谓“文化”，也并非在我们平日意想中的庞然巨物，只是人情之美；而书中写 Loisieux 村的文化，实较风物为更多：这又有以异乎人。而书中写 Loisieux 村的文化，实在也非写 Loisieux 村的文化，只是作者孙福熙先生暗暗地巧巧地告诉我们他的哲学，他的人生哲学。所以写的是“法国的一区”，写的也就是他自己！他自己说得好：

> 我本想尽量掇拾山野风味的，不知不觉的掇拾了许多掇拾者自己。（原书二六一页。）

但可爱的正是这个“自己”，可贵的也正是这个“自己”！

孙先生自己说这本书是记述“人类的大生命分配于他的式样”的，我们且来看看他的生命究竟是什么式样？世界上原有两种人：一种是大刀阔斧的人，一种是细针密线的人。前一种人真是一把“刀”，一把斩乱麻的快刀！什么纠纷，什么葛藤，到了他手里，都是一刀两断！——正眼也不去瞧，不用说靠他理纷解结了！他行事只看准几条大干，其余的万千枝叶，都一扫个精光；所谓“擒贼必擒王”，也所谓“以不了了之”！英雄豪杰是如此办法：他们所图远大，是不屑也无暇顾念那些琐细的节目！蠢汉笨伯也是如此办法，他们却只图省事！他们的思力不足，不足剖析入微，鞭辟入里；如两个小儿争闹，做父亲的更不思索，便照例每人给一个耳光！这真是“不亦快哉”！但你我若既不能为英雄豪杰，又不甘做蠢汉笨伯，便自然而然只能企图做后一种人。这种人凡事要问底细：“打破沙缸问到底！还要问沙缸从哪里起？”他们于一言一动之微，一沙一石之细，都不轻轻放过！从前人将桃核雕成一只船，船上有苏东坡，黄鲁直，佛印等；或于元旦在一粒芝麻上写“天下太平”四字，以验目力：便是这种脾气的一面。他们不注重一千一万，而注意一毫一厘；他们觉得这一毫一厘便是那一千一万的具体而微——只要将这一毫一厘看得透彻，正和照相的放大一样，其余也可想见了。他们所以于每事每物，必要拆开来看，拆穿来看；无论锱铢之别，淄渑之辨，总要看出而后已，正如显微镜一样。这样可以辨出许多新异的滋味，乃是他们独得的秘密！总之，他们对于怎样微渺的事物，都觉吃惊；而常人则熟视无睹！故他们是常人而又有以异乎常人。这两种人——孙先生，画家，若容我用中国画来比，我将说前者是“泼笔”，后者是“工笔”。孙先生自己是“工笔”，是后一种人。他的朋友号他为“细磨细琢的春台”，真不错，他的全部都在这儿了！他纪念他的姑母和父亲，他说他们以细磨细琢的工夫传授给他，然而他远不如他们了。从他的父亲那里，他“知道一句话中，除字面上的意思之外，还有别的话在这里边，只听字面，还远不能听懂说话者的意思哩”。这本书的长处，也就在“别的话”这一点；乍看岂不是淡淡的？缓缓咀嚼一番，便会有浓密的滋味从口角流出！你若看过瀼瀼的朝露，皱皱的水波，茫茫的冷月，薄薄的女衫，你若吃过上好的皮丝，鲜嫩的毛笋，新制的龙井茶：你一定懂得我的话。

我最觉得有味的是孙先生的机智。孙先生收藏的本领真好！他收藏着怎样多的虽微末却珍异的材料，就如慈母收藏果饵一样；偶然拈出一两件来，令人惊异他的富有！其实东西本不稀奇，经他一收拾，便觉不凡了。他于人们忽略的地方，加倍地描写，使你于平常身历之境，也会有惊异之感。他的选择的工夫又高明；那分析的描写与精彩的对话，足以显出他敏锐的观察力。所以他的书既富于自己的个性，一面也富于他人的个性，无怪乎他自己也会觉得他的富有了。他的分析的描写含有论理的美，就是精严与圆密；像一个扎缚停当的少年武士，英姿飒爽而又妩媚可人！又像医生用的小解剖刀，银光一闪，骨肉判然！你或者觉得太琐屑了，太腻烦了；但这不是腻烦和琐屑，这乃是悠闲（Idle）。悠闲也是人生的一面，其必要正和不悠闲一样！他的对话的精彩，也正在悠闲这一面！这才真是 Loisieux 村人的话，因为真的乡村生活是悠闲的。他在这些对话中，介绍我们面晤一个个活泼泼的 Loisieux 村人！总之，我们读这本书，往往能由几个字或一句话里，窥见事的全部，人的全性；这便是我所谓“孙先生的机智”了。孙先生是画家。他从前有过一篇游记，以“画”名文，题为《赴法途中漫画》；篇首有说明，深以作文不能如作画为恨。其实他只是自谦；他的文几乎全是画，他的作文便是以文字作画！他叙事，抒情，写景，固然是画；就是说理，也还是画。人家说“诗中有画”，孙先生是文中有画；不但文中有画，画中还有诗，诗中还有哲学。

我说过孙先生的画工，现在再来说他的诗意——画本是“无声诗”呀。他这本书是写民间乐趣的；但他有些什么乐趣呢？采葡萄的落后是一；画风柳，纸为风吹，画瀑布，纸为水溅是二；与绿的蚱蜢，黑的蚂蚁等“合画”是三。这些是他已经说出的，但重要的是那未经说出的“别的话”；他爱村人的性格，那纯朴，温厚，乐天，勤劳的性格。他们“反直不想与人相打”；他们不畏缩，不鄙夷，爱人而又自私，藏匿而又坦白；他们只是作工，只是太作工，“真的不要自己的性命！”——非为衣食，也非不为衣食，只是浑然的一种趣味。这些正都是他们健全的地方！你或者要笑他们没有理想，如书中R君夫妇之笑他们雇来的工人；但“没有理想”的可笑，不见得比“有理想”的可笑更甚——在现在的我们，“原始的”与“文化的”实觉得一般可爱。而这也并非全为了对比的趣味，“原始的”实是更近于我们所常读的诗，实是“别有系人心处”！譬如我读这本书，就常常觉得是在读面熟得很的诗！“村人的性格”还有一个“联号”，便是“自然的风物”，孙先生是画家，他之爱自然的风物，是不用说的；而自然的风物便是自然的诗，也似乎不用说的。孙先生是画家，他更爱自然的动象，说也是一种社会的变幻。他爱风吹不绝的柳树，他爱水珠飞溅的瀑布，他爱绿的蚱蜢，黑的蚂蚁，赭褐的六足四翼不曾相识的东西；它们虽怎样地困苦他，但却是活的画，生命的诗！——在人们里，他最爱老年人和小孩子。他敬爱辛苦一生至今扶杖也不能行了的老年人，他更羡慕见火车而抖的小孩子。是的，老年人如已熟的果树，满垂着沉沉的果实，任你去摘了吃；你只要眼睛亮，手法好，必能果腹而回！小孩子则如刚打朵儿的花，蕴藏着无穷的允许：这其间有红的，绿的，有浓的，淡的，有小的，大的，有单瓣的，重瓣的，有香的，有不香的，有努力开花的，有努力结实的——结女人脸的苹果，黄金的梨子，珠子般的红樱桃，璎珞般的紫葡萄……而小姑娘尤为可爱！——读了这本书的，谁不爱那叫喊尖利的"啊"的小姑娘呢？其实胸怀润朗的人，什么于他都是朋友：他觉得一切东西里都有些意思，在习俗的衣裳底下，躲藏着新鲜的身体。凭着这点意思去发展自己的生活，便是诗的生活。"孙先生的诗意"，也便在这儿。

在这种生活的河里伏流着的，便是孙先生的哲学了。他是个含忍与自制的人，是个中和的（Moderate）人；他不能脱离自己，同时却也理会他人。他要"尽量的理会他人的苦乐，——或苦中之乐，或乐中之苦，——免得眼睛生在额上的鄙夷他人，或胁肩谄笑的阿谀他人"。因此他论城市与乡村，男子与女子，团体与个人，都能寻出他们各自的长处与短处。但他也非一味宽容的人，像"烂面朝盆"一样；他是不要阶级的，他同情于一切——便是牛也非例外！他说：

> 我们住在宇宙的大乡土中，一切孩儿都在我们的心中；没有一个乡土不是我的乡土，没有一个孩儿不是我的孩儿！（原书六十四页。）

这是最大的"宽容"，但是只有一条路的"宽容"——其实已不能叫做"宽容"了。在这"未完的草稿"的世界之中，他虽还免不了疑虑与鄙夷，他虽鄙夷人间的争闹，以为和三个小虫的权利问题一样；但他到底能从他的“泪珠的镜中照见自己以至于一切大千世界的将来的笑影了”。他相信大生命是有希望的；他相信便是那“没有果实，也没有花”的老苹果树，那“只有折断而且曾经枯萎的老干上所生的稀少的枝叶”的老苹果树。“也预备来年开得比以前更繁荣的花，结得更香美的果！”在他的头脑里，世界是不会陈旧的，因为他能够常常从新做起；他并不长嘘短叹，叫着不足，他只尽他的力做就是了。他叫中国人不必自馁；真的，他真是个不自馁的人！他写出这本书是不自馁，他别的生活也必能不自馁的！或者有人说他的思想近乎“圆通”，但他的本意只是“中和”，并无容得下“调和”的余地；他既“从来不会做所谓漂亮及出风头的事”，自然只能这样缓缓地锲而不舍地去开垦他的乐土！这和他的画笔，诗情，同为他的“细磨细琢的功夫”的表现。

书中有孙先生的几幅画。我最爱《在夕阳的抚弄中的湖景》一幅；那是色彩的世界！而本书的装饰与安排，正如湖景之因夕阳抚弄而可爱，也因孙先生抚弄（若我猜得不错）而可爱！在这些里，我们又可以看见“细磨细琢的春台”呢。

十四年六月。

《子恺漫画》代序

子恺兄：

知道你的漫画将出版，正中下怀，满心欢喜。

你总该记得，有一个黄昏，白马湖上的黄昏，在你那间天花板要压到头上来的，一颗骰子似的客厅里，你和我读着竹久梦二的漫画集。你告诉我那篇序做得有趣，并将其大意译给我听。我对于画，你最明白，彻头彻尾是一条门外汉。但对于漫画，却常常要像煞有介事地点头或摇头；而点头的时候总比摇头的时候多——虽没有统计，我肚里有数。那一天我自然也乱点了一回头。

点头之余，我想起初看到一本漫画，也是日本人画的。里面有一幅，题目似乎是《□□子爵の泪》（上两字已忘记），画着一个微侧的半身像：他严肃的脸上戴着眼镜，有三五颗双钩的泪珠儿，滴滴答答历历落落地从眼睛里掉下来。我同时感到伟大的压迫和轻松的愉悦，一个奇怪的矛盾！梦二的画有一幅——大约就是那画集里的第一幅——也使我有类似的感觉。那幅的题目和内容，我的记性真不争气，已经模糊得很。只记得画幅下方的左角或右角里，并排地画着极粗极肥又极短的一个“！”和一个“？”。可惜我不记得他们哥儿俩谁站在上风，谁站在下风。我明白（自己要脸）他们俩就是整个儿的人生的谜；同时又觉着像是那儿常常见着的两个胖孩子。我心眼里又是糖浆，又是姜汁，说不上是什么味儿。无论如何，我总得惊异；涂呀抹的几笔，便造起个小世界，使你又要叹气又要笑。叹气虽是轻轻的，笑虽是微微的，似一把锋利的裁纸刀，戳到喉咙里去，便可要你的命。而且同时要笑又要叹气，真是不当人子，闹着玩儿！

话说远了。现在只问老兄，那一天我和你说什么来着？——你觉得这句话有些儿来势汹汹，不易招架么？不要紧，且看下文——我说：“你可和梦二一样，将来也印一本。”你大约不曾说什么；是的，你老是不说什么的。我之说这句话，也并非信口开河，我是真的那么盼望着的。况且那时你的小客厅里，互相垂直的两壁上，早已排满了那小眼睛似的漫画的稿；微风穿过它们间时，几乎可以听出飒飒的声音。我说的话，便更有把握。现在将要出版的《子恺漫画》，他可以证明我不曾说谎话。

你这本集子里的画，我猜想十有八九是我见过的。我在南方和北方与几个朋友空口白嚼的时候，有时也嚼到你的漫画。我们都爱你的漫画有诗意；一幅幅的漫画，就如一首首的小诗——带核儿的小诗。你将诗的世界东一鳞西一爪地揭露出来，我们这就像吃橄榄似的，老觉着那味儿。《花生米不满足》使我们回到惫懒的儿时，《黄昏》使我们沉入悠然的静默。你到上海后的画，欲又不同。你那和平愉悦的诗意，不免要搀上了胡椒末；在你的小小的画幅里，便有了人生的鞭痕。我看了《病车》，叹气比笑更多，正和那天看梦二的画时一样。但是，老兄，真有你的，上海到底不曾太委屈你，瞧你那《买粽子》的劲儿！你的画里也有我不爱的：如那幅《楼上黄昏，马上黄昏》，楼上与马上的实在隔得太近了。你画过的《忆》里的小孩子，他也不赞成。

今晚起了大风。北方的风可不比南方的风，使我心里扰乱；我不再写下去了。

十一月二日，北京。

《白采的诗》

——《羸疾者的爱》

爱伦坡说没有长诗这样东西；所谓长诗，只是许多短诗的集合罢了。因为人的情绪只有很短的生命，不能持续太久；在长诗里要体验着一贯的情绪是不可能的。这里说的长诗，大约指荷马史诗，弥尔登《失乐园》一类作品而言；那些诚哉是洋洋巨篇。不过长诗之长原无一定，其与短诗的分别只在结构的铺张一点上。在铺张的结构里，我们固然失去了短诗中所有的"单纯"和"紧凑"，但却新得着了"繁复"和"恢廓"。至于情绪之不能持续着一致的程度，那是必然；但让它起起伏伏，有方方面面的转折——以许多小生命合成一大生命流，也正是一种意义呀。爱伦坡似乎仅见其分，未见其合，故有无长诗之论。实则一篇长诗，固可说由许多短篇集成，但所以集成之者，于各短篇之外，仍必有物：那就是长诗之所以为长诗。

在中国诗里，像荷马、弥尔登诸人之作是没有的；便是较为铺张的东西，似乎也不多。新诗兴起以后，也正是如此。可以称引的长篇，真是寥寥可数。长篇是不容易写的；所谓铺张，也不专指横的一面，如中国所谓“赋”也者；是兼指纵的进展而言的。而且总要深美的思想做血肉才行。以这样的见地来看长篇的新诗，去年出版的《白采的诗》是比较的能使我们满意的。《白采的诗》实在只是《羸疾者的爱》一篇诗。这是主人公“羸疾者”和四个人的对话：在这些对话里，作者建筑了一段故事；在这段故事里，作者将他对于现在世界的诅咒和对于将来世界的憧憬，放下去做两块基石。这两块基石是从人迹罕到的僻远的山角落里来的，所以那故事的建筑也不像这世间所有；使我们不免要吃一惊，在乍一寓目的时候。主人公“羸疾者”是生于现在世界而做着将来世界的人的；他献身于生之尊严，而不妥协地没落下去。说是狂人也好，匪徒也好，妖怪也好，他实在是个最诚实的情人！他的“爱”别看轻了是“羸疾者的”，实在是脱离了现世间一切的爱方式而独立的；这是最纯洁，最深切的，无我的爱，而且不只是对于个人的爱——将来世界的憧憬也便在这里。主人公虽是“羸疾者”，但你看他的理想是怎样健全，他的言语又怎样明白，清楚。你的见解即使是“过求艰深”，如他的朋友所说；他的言语却决不“太茫昧”而“晦涩难解”，如他的朋友所说。这种深入显出的功夫，使这样奇异的主人公能与我们亲近，让我们逐渐地了解他，原谅他，敬重他，最后和他作同声之应。他是个会说话的人，用了我们平常的语言，叙述他自己特殊的理想，使我们不由不信他；他的可爱的地方，也就在这里。

故事是这样的：主人公“羸疾者”本来是爱这个世界的；但他“用情太过度了”，“采得的只有嘲笑的果子”。他失望了，他厌倦了，他不能随俗委蛇，他的枯冷的心里只想着自己的毁灭！正在这个当儿，他从漂泊的途中偶然经过了一个快乐的村庄，“遇见那慈祥的老人，同他的一个美丽的孤女”。他们都把爱给他；他因自己已是一个羸疾者，不配享受人的爱，便一一谢绝。本篇的开场，正是那老人最后向主人公表明他的付托，她的倾慕；老人说得舌敝唇焦，他终于固执自己的意见，告别而去。她却不对他说半句话，只出着眼泪。但他早声明了，他是不能用他的手拭干她的眼泪的。“这怪诞的少年”回去见了他的母亲和伙伴，告诉他们他那“不能忘记的”，“只有一次”的奇遇，以及他的疑惧和忧虑。但他们都是属于“中庸”的类型的人；所以母亲劝他“弥缝”，伙伴劝他“谲诡，隐忍”。但这又有何用呢？爱他的那“孤女”撇下了垂老的父亲，不辞穹远地跋涉而来；他却终于说，“我不敢用我残碎的爱爱你了！”他说他将求得“毁灭”的完成，偿足他“羸疾者”的缺憾。他这样了结了他的故事，给我们留下了永不解决的一幕悲剧，也便是他所谓“永久的悲哀”。

这篇诗原是主人公“羸疾者”和那慈祥的老人，他的母亲，他的伙伴，那美丽的孤女，四个人的对话。在这些对话里他放下理想的基石，建筑起一段奇异的故事。我已说过了。他建筑的方术颇是巧妙：开场时全以对话人的气象暗示事件的发展，不用一些叙述的句子；却使我们鸟瞰了过去，寻思着将来。这可见他弥满的精力。到第二节对话中，他才将往事的全部告诉我们，我们以为这就是所有的节目了。但第三节对话里，他又将全部的往事说给我们，这却另是许多新的节目；这才是所有的节目了。其实我们读第一节时，已知道了这件事的首尾，并不觉得缺少；到第三节时，虽增加了许多节目，却也并不觉得繁多——而且无重复之感，只很自然得地跟着作者走。我想这是一件有趣的事，作者将那“慈祥的老人”和“美丽的孤女”分置在首尾两端，而在第一节里不让她说半句话。这固然有多少体制的关系，却也是天然的安排；若没有这一局，那“可爱的人”的爱未免太廉价，主人公的悲哀也决不会如彼深切的——那未免要减少了那悲剧的价值之一部或全部呢。至于作者的理想，原是灌注在全个故事里的，但也有特别鲜明的处所，那便是主人公在对话里尽力发抒己见的地方。这里主人公说的话虽也有议论的成分在内，但他有火热的情感，和凭着冰冷的理智说教的不同。他的议论是诗的，和散文的不同。他说的又那么从容，老实，没有大声疾呼的宣传的意味。他只是寻常的谈话罢了。但他的谈话却能够应机立说；只是浑然的一个理想，他和老人说时是一番话，和母亲说时又是一番话，和伙伴，和那“孤女”，又各有一番话。各人的话都贴切各人的身份，小异而有大同；相异的地方实就是相成的地方。本篇之能呵成一气，中边具彻，全有赖于这种地方。本篇的人物共有五个，但只有两个类型；主人公独属于“全或无”的类型，其余四人共属于“中庸”的类型。四人属于一型，自然没有明了的性格；性格明了的只主人公一人而已。本篇原是抒情诗，虽然有叙事的形式和说理的句子；所以重在主人公自己的抒写，别的人物只是道具罢了。这样才可绝断众流，独立纲维，将主人公自己整个儿一丝不剩地捧给我们看。

本篇是抒情诗，主人公便是作者的自托，是不用说的。作者是个深于世故的人：他本沉溺于这个世界里的，但一度尽量地泄露以后，只得着许多失望。他觉着他是“向恶人去寻求他们所没有的”，于是开始厌倦这残酷的人间。他说：

“我在这猥琐的世上，一切的见闻，
丝毫都觉不出新异；
只见人们同样的蠢动罢了。”

而人间的关系，他也看得十二分透彻；他露骨地说：

“人们除了相贼，
便是相需着玩偶罢了。”

所以

“我是不愿意那相贼的敌视我，
但也不愿利用的俳优蓄我；
人生旅路上这凛凛的针棘，
我只愿做这村里的一个生客。”

看得世态太透的人，往往易流于玩世不恭，用冷眼旁观一切；但作者是一个火热的人，那样不痛不痒的光景，他是不能忍耐的。他一面厌倦现在这世界，一面却又舍不得它，希望它有好日子；他自己虽将求得“毁灭”的完成，但相信好日子终于会到来的，只要那些未衰的少年明白自己的责任。这似乎是一个思想的矛盾，但作者既自承为“羸疾者”“癫狂者”，却也没有什么了。他所以既于现世间深切地憎恶着，又不住地为它担忧，你看他说：

“我固然知道许多青年，
受了现代的苦闷，
更倾向肉感的世界！
但这漫无节制的泛滥过后，
我却怀着不堪隐忧；
——纵弛！
——衰败！
这便是我不能不呼号的了。”

这种话或者太质直了，多少带有宣传的意味，和篇中别的部分不同；但话里面却有重量，值得我们几番地凝想。我们可以说这寥寥的几行实为全篇的核心，而且作诗的缘起也在这里了。这不仅我据全诗推论是如此，我还可请作者自己为我作证。我曾见过这篇诗的原稿，他在第一页的边上写出全篇的大旨，短短的只一行多些，正是这一番意思。我们不能忽视这一番意思，因为从这里我们可以看出他实在是真能爱这世界的，他实在是真能认识“生之尊严”的。

他说：

"但人类求生是为的相乐，
不是相呴相濡的苟活着。
既然恶魔所给我们精神感受的痛苦已多，
更该一方去求得神赐我们本能的享乐。
然而我是重视本能的受伤之鸟，
我便在实生活上甘心落伍了！"

他以为"本能的享乐尤重过种族的繁殖"；人固要有"灵的扩张"，也要"补充灵的实质"。他以为

"这生活的两面，
我们所能实感着的，有时更有价值！"

但一般人不能明白这"本能的享乐"的意味，只"各人求着宴安"，"结果快乐更增进了衰弱"而

"羸弱是百罪之源，
阴霾常潜在不健全的心里。"

所以他有诗宁可说：

"生命的事实，
在我们所能感觉得到的，
我终觉比灵魂更重要呢。"

他既然如此地“拥护生之尊严”，他的理想国自然是在地上；他想会有一种超人出现在这地上，创造人间的天国。他想只有理会得“本能的享乐”的人，才能够彼此相乐，才能够彼此相爱；因为在“健全”的心里是没有阴霾的潜在的。只有这班人，能够从魔王手里夺回我们的世界。作者的思想是受了尼采的影响的；他说“本能的享乐”，说“离开现实便没有神秘”，说“健全的人格”，我们可以说都是从尼采“超人就是地的意义”一语蜕化而出。但作者的超人——他用“健全的人格”的名词——究竟是怎样一种人格呢？我让他自己说：

“你须向武士去找健全的人格；
你须向壮硕像婴儿一般的去认识纯真的美。
你莫接近狂人，会使你也受了病的心理；
你莫过信那日夜思想的哲学者，
他们只会制造些诈伪的辩语。”

这是他的超人观的正负两面。他又说：

“我们所要创造的，不可使有丝毫不全；
真和美便是善，不是亏蚀的。”

这却是另一面了。他因为盼望超人的出现，所以主张“人母”的新责任：

“这些‘新生’，正仗着你们慈爱的选择；

这庄严无上的权威，正在你们丰腴的手里。”

但他的超人观似乎是以民族为出发点的，这却和尼采大大不同了！

作者虽盼望着超人的出现，但他自己只想做尼采所说的“桥梁”，只企图着尼采所说的“过渡和没落”。因为

“我所有的不幸，无可救药！
我是——
心灵的被创者，
体力的受病者，
放荡不事生产者，
时间的浪费者；
——所有弱者一切的悲哀，
都灌满了我的全生命！”

而且

“我的罪恶如同黑影，
它是永远不离我的！
痛苦便是我的血，
一点一点滴污了我的天真。”

他一面受着“世俗的夹拶”，一面受着“生存”的抽打和警告，他知道了怎样尊重他自己，完全他自己。

“自示孱弱的人，
反常想胜过了一切强者。”

他所以坚牢地执着自己，不肯让他慈爱的母亲和那美丽的孤女一步。我最爱他这一节话：

“既不完全，
便宁可毁灭；
不能升腾，
便甘心沉溺；
美锦伤了蠹穴，
先把他焚裂；
钝的宝刀，
不如断折；
母亲：
我是不望超拔的了！”

他是不望超拔的了；他所以不需要怜悯，不需要一切，只向着一条路上走。

“除了自己毁灭，
便算不了完善。”

他所求的便是“毁灭”的完成，这是他的一切。所谓“毁灭”，尼采是给了“没落”的名字，尼采曾借了查拉图斯特拉的口说：

> “我是爱那不知道没落以外有别条生路的人；因为那是想要超越的人。”

作者思想的价值，可以从这几句话里估定它。我说那主人公生于现在世界而做着将来世界的人，也便以这一点为立场。这自然也是尼采的影响。关于作者受了尼采的影响，我曾于读本篇原稿后和一个朋友说及。他后来写信告诉作者，据说他是甚愿承认的。

篇中那老人对主人公说：

> “你的思想是何等剽疾不驯，
> 你的话语是何等刻核？”

这两句话用来批评全诗，是很适当的。作者是有深锐的理性和远到的眼光的人；他能觉察到人所不能觉察的。他的题材你或许会以为奇僻，或许会感着不习惯；但这都不要紧，你自然会渐渐觉到它的重量的。作者的选材，多少是站在“优生”的立场上。“优生”的概念是早就有了的，但作者将它情意化了，比人更深入一层，便另有一番声色。又加上尼采的超人观，价值就更见扩大了。在这一点上，作者是超出了一般人，是超出了这个时代。但他的理性的力量虽引导着他绝尘而驰，他的情意却不能跟随着他。你看他说：

“但我有透骨髓的奇哀至痛，
——却不在我所说的言语里！”

其实便是在他的言语里，那种一往情深缠绵无已的哀痛之意，也灼然可见。那无可奈何的光景，是很值得我们低徊留恋的。虽然他“常想胜过了一切弱者”，虽然他怎样的嘴硬，但中干的气象，荏弱的情调，是显然不曾能避免了的。因袭的网实在罩得太密了，凭你倔强，也总不能一下就全然挣脱了的。我们到底都是时代的儿子呀！我们以这样的见地来论作者，我想是很公平的。

十五年八月二十七日。

《萍因遗稿》跋

冯延巳词："风乍起，吹皱一池春水。"

《世说》："司马太傅斋中夜坐。于时天月明净，都无纤翳。太傅叹以为佳。谢景重答曰：'意谓乃不如微云点缀。'"

《惊梦》中杜丽娘唱："袅晴丝吹来闲庭院，摇漾春如线。"

世间有一种得已而不得已的事：风与水无干，却偏要去吹着。人与风与水无干，却偏要去惦着。其实吹了又怎样，惦着又怎样，当局者是不会想着的；只觉得点缀点缀也好而已。晴丝的袅娜，原是任运东西；她自己固然不想去管，怕也管不了的。晏同叔真有他的！"无可奈何"四个好轻巧的字，却能摄住了古今天下风风水水花花草草的魂儿！你说，"理他呢，过一会子就好了！"可是"好了也就了了"，你可甘心愿意？"凡蜜是一例酸的"，我们还不是得忍耐着！然而天下从此多事了。司马太傅戏谢景重曰："强欲滓秽太清耶？"我们大约也只好担上这个罪名吧。萍因有知，当不河汉吾言。

《子恺画集》跋

子恺将画集的稿本寄给我，让我先睹为快，并让我选择一番。这是很感谢的！

这一集和第一集，显然的不同，便是不见了诗词句图，而只留着生活的速写。诗词句图，子恺所作，尽有好的；但比起他那些生活的速写来，似乎较有逊色。第一集出世后，颇见到听到一些评论，大概都如此说。本集索性专载生活的速写，却觉得精彩更多。还有一个重要的不同，便是本集里有了工笔的作品。子恺告我，这是“摹虹儿”的。虹儿是日本的画家，有工笔的漫画集；子恺所摹，只是他的笔法，题材等等，还是他自己的。这是一种新鲜的趣味！落落不羁的子恺也会得如此细腻风流，想起来真怪有意思的！集中几幅工笔画，我说没有一幅不妙。

集中所写，儿童和女子为多。我们知道子恺最善也最爱画杨柳与燕子；朋友平伯君甚至要送他“丰柳燕”的徽号。我猜这是因为他欢喜春天，所以紧紧地挽着她；至少不让她从他的笔底下溜过去。在春天里，他要开辟他的艺术的国土。最宜于艺术的国土的，物中有杨柳与燕子，人中便有儿童和女子。所以他自然而然地将他们收入笔端了。

第一集里，如《花生米不满足》,《阿宝赤膊》,《穿了爸爸的衣服》，都是很好的儿童描写。但那些还只是神气好，还只是描写。本集所收，却能为儿童另行创造一个世界。《瞻瞻的脚踏车》,《阿宝两只脚，凳子四只脚》，才小试其锋而已；至于《瞻瞻的四梦》，简直是“再团，再炼，再调和，好依着你我的意思重新造过”了。我为了儿童，也为了自己，张开两臂，欢迎这个新世界！另有《憧憬》一幅，虽是味儿不同，也是象征着新世界的。在那《虹的桥》里，有着无穷无穷的美丽的国，我们是不会知道的！

《三年前的花瓣》,《泪的伴侣》，似乎和第一集里《第三张笺》属于一类的，都很好。但《挑荠菜》,《春雨》,《断线鹞》,《卖花女》,《春昼》便自不同；这些是莫之为而为，无所为而为的一种静境，诗词中所有的。第一集中，只有《翠拂行人首》一幅，可以相比。我说这些简直是纯粹的诗。就中《断线鹞》一幅里倚楼的那女子，和那《卖花女》，最惹人梦思。我指前者给平伯君说，这是南方的女人。别一个朋友也指着后者告我，北方是看不见这种卖花的女郎的。

《东洋与西洋》便是现在的中国，真宽大的中国！《教育》，教育怎样呢？

方光焘君真像。《明日的讲义》是刘心如君。他老是从从容容的；第一集里的《编辑者》，瞧那神儿！但是，《明日的讲义》可就苦了他也！我和他俩又好久不见了，看了画更惦着了。

想起写第一集的《代序》，现在已是一年零九天，真快哪！

十五年十一月十日，在北京。

《粤东之风》序

从民国六年，北京大学征集歌谣以来，歌谣的搜集成为一种风气，直到现在。梁实秋先生说，这是我们现今中国文学趋于浪漫的一个凭据。他说：

> 歌谣在文学里并不占最高的位置。中国现今有人极热心的搜集歌谣，这是对中国历来因袭的文学一个反抗，也是……“皈依自然”的精神的表现。——《浪漫的与古典的》三十七页

我想，不管他的论旨如何，他说的是实在情形；看了下面刘半农先生的话，便可明白：

> 我以为若然文艺可以比作花的香，那么民歌的文艺，就可以比作野花的香。要是有时候，我们被纤丽的芝兰的香味熏得有些腻了，或者尤其不幸，被戴春林的

香粉香，或者是 Coty 公司的香水香，熏得头痛得可以，那么，且让我们走到野外去，吸一点永远清新的野花香来醒醒神罢。——《瓦釜集》八十九页

这不但说明了“反抗”是怎样的，并且将歌谣的文学价值，也具体地估计出来。我们现在说起歌谣，是容易联想到新诗上去。这两者的关系，我想不宜夸张地说；刘先生的话，固然很有分寸，但周启明先生的所论，似乎更具体些；他以为歌谣“可以供诗的变迁的研究，或做新诗创作的参考”——从文艺方面看。

严格地说，我以为在文艺方面，歌谣只可以“供诗的变迁的研究”；我们将它看作是原始的诗而加以衡量，是最公平的办法。因为是原始的“幼稚的文体”，“缺乏细腻的表现力”，如周先生在另一文里所说，所以“做新诗创作的参考”，我以为还当附带相当的条件才行。歌谣以声音的表现为主，意义的表现是不大重要的，所以除了曾经文人润色的以外，真正的民歌，字句大致很单调，描写也极简略，直致，若不用耳朵去听而用眼睛去看，有些竟是浅薄无聊之至。固然用耳朵去听，也只是那一套的靡靡的调子，但究竟是一件完成的东西；从文字上看，却有时竟粗糙得不成东西。我也承认歌谣流行中有民众的修正，但这是没计划，没把握的；我也承认歌谣也有本来精练的，但这也只是偶然一见，不能常常如此。歌谣的好处却有一桩，就是率真，就是自然。这个境界，是诗里所不易有；即有，也已加过一番烹炼，与此只相近而不相同。刘半农先生比作“野花的香”，很是确当。但他说

的“清新”，应是对诗而言，因为歌谣的自然是诗中所无，故说是“清新”；就歌谣本身说，“清”是有的，“新”却很难说——我宁可说，它的材料与思想，大都是有一定的类型的。

在浅陋的我看来，“念”过的歌谣里，北京的和客家的，艺术上比较要精美些。北京歌谣的风格是爽快简练，念起来脆生生的；客家歌谣的风格是缠绵曲折，念起来袅袅有余情，这自然只是大体的区别。其他各处的未免松懈或平庸，无甚特色；就是吴歌，佳处也怕在声音而不在文字。

不过歌谣的研究，文艺只是一方面，此外还有民俗学，言语学，教育，音乐等方面。我所以单从文艺方面说，只是性之所近的缘故。歌谣在文艺里，诚然“不占最高的位置”，如梁先生所说；但并不因此失去研究的价值。在学术里，只要可以研究，喜欢研究的东西，我们不妨随便选择；若必计较高低，估量大小，那么未免是势利的见解。从研究方面论，学术总应是平等的；这是我的相信。所以歌谣无论如何，该有它独立的价值，只要不夸张地，恰如其分地看去便好。

这册《粤东之风》，是罗香林先生几年来搜集的结果，便是上文说过的客家歌谣。近年来搜集客家歌谣的很多，罗先生的比较是最后的，最完备的，只看他《前经采集的成绩》一节，便可知道。他是歌谣流行最少的兴宁地方的人，居然有这样成绩，真是难能可贵。他除排比歌谣之外，还做了一个系统的研究。他将客家歌谣的各方面，一一论到；虽然其中有些处还待补充材料，但规模已具。就中论客家歌谣的背景，及其与客家诗人的关系，最可注意；《前经采集的成绩》一节里罗列的书目，也颇有用。

就书中所录的歌谣看来，约有二种特色：一是比体极多，二是谐音的双关语极多。这两种都是六朝时“吴声歌曲”的风格，当时是很普遍的。现在吴歌里却少此种，反盛行于客家歌谣里，正是可以研究的事。“吴声歌曲”的“缠绵宛转”是我们所共赏；客家歌谣的妙处，也正在此。这种风格，在恋歌里尤多，——其实歌谣里，恋歌总是占大多数——也与“吴声歌曲”一样。这与北京歌谣之多用赋体，措语洒落，恰是一个很好的对比，各有各的胜境。

歌谣的研究，历史甚短。这种研究的范围，虽不算大，但要作总括的，贯通的处理，却也不是目前的事。现在只有先搜集材料随时作局部的整理。搜集的方法有两种：一是分地，二是分题；分题的如“看见她”。分地之中，京语，吴语，粤语的最为重要，因为这三种方言，各有其特异之处，而产生的文学也很多。（说本胡适之先生）所以罗先生的工作，是极有分量的。这才是第一集，我盼望他继续做下去。

十七年五月三十一晚，北京清华园。

叶圣陶的短篇小说

圣陶谈到他作小说的态度，常喜欢说：我只是如实地写。这是作者的自白，我们应该相信。但他初期的创作，在“如实地”取材与描写之外，确还有些别的，我们称为理想，这种理想有相当的一致，不能逃过细心的读者的眼目。后来经历渐渐多了，思想渐渐结实了，手法也渐渐老练了，这才有真个“如实地写”的作品。仿佛有人说过，法国的写实主义到俄国就变了味，这就是加进了理想的色彩。假使这句话不错，圣陶初期的作风可以说是近于俄国的，而后期可以说是近于法国的。

圣陶的身世和对于文艺的见解，顾颉刚先生在《隔膜》序里说得极详。我所见他的生活，也已具于另一文。这里只须指出他是生长在一个古风的城市——苏州——中的人，后来又在一个乡镇——角直——里住了四五年，一径是做着小学教师；最后才到中国工商业中心的上海市，做商务印书馆的编辑，直至现在。这二十年来时代的大变动，自然也给他不少的影响；辛亥革命，他在苏州；五四运动，他在甪直；五卅运动与国民革命，却是他在上海亲见亲闻的。这几行简短的历史，暗示着他思想变迁的轨迹，他小说里所表现的思想变迁的轨迹。

因为是“如实地写”，所以是客观的。他的小说取材于自己及家庭的极少，又不大用第一身，笔锋也不常带情感。但他有他的理想，在人物的对话及作者关于人物或事件的解释里，往往出现，特别在初期的作品中。《不快之感》或《啼声》是两个极端的例子。这是理智的表现。圣陶的静默，是我们朋友里所仅有；他的“爱智”，不是偶然的。

爱与自由的理想是他初期小说的两块基石。这正是新文化运动开始时的思潮；但他能用艺术表现，便较一般人为深入。他从母爱性爱一直写到儿童送一个小蚬回家，真算得博大周详。母爱的力量在牺牲自己；顾颉刚先生最爱读的《潜隐的爱》（见顾先生《火灾》序），是一篇极好的代表。一个孤独的蠢笨的乡下妇人用她全部的心与力，偷偷摸摸去爱一个邻家的孩子。这是透过一层的表现。性爱的理想似乎是夫妇一体，《隔膜》与《未厌集》中两篇《小病》，可以算相当的实例。但这个理想是不容易达到的；有时不免来点儿“说谎的艺术”（看《火灾》中《云翳》篇），有时母爱分了性爱的力量，不免觉得“两样”；夫妇不能一体时，有时更免不了离婚。离婚是近年常有的现象。但圣陶在《双影》里所写的是女的和男的离了婚，另嫁了一个气味相投的人；后来却又舍不得那男的。这是一个怪思想，是对夫妇一体论的嘲笑。圣陶在这问题上，也许终于是个“怀疑派”罢？至于广泛地爱人爱动物，圣陶以为只有孩子们行；成人是只有隔膜与冷酷罢了。《隔膜》,《游泳》(《线下》中),《晨》便写的这一类情形。他又写了些没有爱的人的苦闷，如《归宿》里的青年，《春光不是她的了》里被离弃的妇人,《孤独》里的“老先生”都是的。而《被忘却的》(《火灾》中）里田女士与童女士的同性爱，也正是这种苦闷的另一样写法。

自由的一面是解放，还有一面是尊重个性。圣陶特别着眼在妇女与儿童身上。他写出被压迫的妇女，如农妇，童养媳，歌女，妓女等的悲哀；《隔膜》第一篇《一生》便是写一个农妇的。对于中等家庭的主妇的服从与苦辛，他也有哀矜之意。《春游》(《隔膜》中）里已透露出一些反抗的消息;《两封回信》里说得更是明白：女子不是“笼子里的画眉，花盆里的蕙兰”，也不是“超人”；她“只是和一切人类平等的一个‘人’”。他后来在《未厌集》里还有两篇小说（《遗腹子》,《小妹妹》)，写重男轻女的传统对于女子压迫的力量。圣陶做过多年小学教师，他最懂得儿童，也最关心儿童。他以为儿童不是供我们游戏和消遣的，也不是给我们防老的，他们应有他们自己的地位。他们有他们的权利与生活，我们不应嫌恶他们，也不应将他们当作我们的具体而微看。《啼声》(《火灾》中）是用了一个女婴口吻的激烈的抗议；在圣陶的作品中，这是一篇仅见的激昂的文字。但写得好的是《低能儿》,《一课》,《义儿》,《风潮》等篇；前两篇写儿童的爱好自然，后两篇写教师以成人看待儿童，以致有种种的不幸。其中《低能儿》是早经著名的。此外，他还写了些被榨取着的农人，那些都是被田租的重负压得不能喘气的。他憧憬着“艺术的生活”，艺术的生活是自由的，发展个性的；而现在我们的生活，却都被揿在些一定的模型或方式里。圣陶极厌恶这些模型或方式；在这些方式之下，他“只觉一个虚幻的自己包围在广大的虚幻里”（见《隔膜》中《不快之感》）。

圣陶小说的另一面是理想与现实的冲突。假如上文所举各例大体上可说是理想的正面或负面的单纯表现，这种便是复杂的纠纷的表现。如《祖母的心》（《火灾》中）写亲子之爱与礼教的冲突，结果那一对新人物妥协了；这是现代一个极普遍极葛藤的现象。《平常的故事》里，理想被现实所蚕食，几至一些无余；这正是理想主义者烦闷的表白。《前途》与此篇调子相类，但写的是另一面。《城中》写腐败社会对于一个理想主义者的疑忌与阴谋；而他是还在准备抗争。《校长》与《搭班子》里两个校长正在高高兴兴地计划他们的新事业，却来了旧势力的侵蚀；一个妥协了，一个却似乎准备抗争一下。但《城中》与《搭班子》只说到“准备”而止，以后怎样呢？是成功？失败？还是终于妥协呢？据作品里的空气推测，成功是不会的；《城中》的主人公大概要失败，《搭班子》里的大概会妥协吧？圣陶在这里只指出这种冲突的存在与自然的进展，并没有暗示解决的方法或者出路。到写《桥上》与《抗争》，他似乎才进一步地追求了。《桥上》还不免是个人的“浪漫”的行动，作者没有告诉我们全部的故事；《抗争》却有“集团”的意义，但结果是失败了，那领导者做了祭坛前的牺牲。圣陶所显示给我们的，至此而止。还有《在民间》是冲突的别一式。

圣陶后期作品（大概可以说从《线下》后半部起）的一个重要的特色，便是写实主义手法的完成。别人论这些作品，总侧重在题材方面；他们称赞他的“对于城市小资产阶级的描写”。这是并不错的。圣陶的生活与时代都在变动着，他的眼从村镇转到城市，从儿童与女人转到战争与革命的侧面的一些事件了。他写城市中失业的知识工人（《城中》里的《病夫》）和教师的苦闷；他写战争时“城市的小资产阶级”与一部分村镇人物的利己主义，提心吊胆，琐屑等（如茅盾先生最爱的《潘先生在难中》，及《外国旗》）。他又写战争时兵士的生活（《金耳环》）；又写“白色的恐怖”（如《夜》，《冥世别》——《大江月刊》三期）和“目前政治的黑暗”（如《某城纪事》）。他还有一篇写“工人阶级的生活”的《夏夜》（《未厌集》）（看钱杏邨先生《叶绍钧的创作的考察》，见《现代中国文学作家》第二卷）。他这样“描写了广阔的世间”；茅盾先生说他作《倪焕之》时才“第一次描写了广阔的世间”，似乎是不对的（看《读〈倪焕之〉》，附录在《倪焕之》后面）。他诚然“长于表现城市小资产阶级”（钱语），但他并不是只长于这一种表现，更不是专表现这一种人物，或侧重于表现这一种人物，即使在他后期的作品里。这时期圣陶的一贯的态度，似乎只是“如实地写”一点；他的取材只是选择他所熟悉的，与一般写实主义者一样，并没有显明的“有意的”目的。他的长篇作品《倪焕之》，茅盾先生论为“有意为之的小说”，我也有同感；但他在《作者自记》里还说：“每一个人物，我都用严正的态度如实地写”，这可见他所信守的是什么了。这时期中的作品，大抵都有着充分的客观的冷静（初期作品如《饭》也如此，但不多），文字也越发精炼，写实主义的手法至此才成熟了；《晨》这一篇最可代表，是我所最爱的。——只有《冥世别》是个例外；但正如鲁迅先生写不好《不周山》一样，圣陶是不适于那种表现法的。日本藏原惟人《到新写实主义之路》（林伯脩译）里说写实主义有三种。圣陶的应属于第二种，所谓“小布尔乔亚写实主义”；在这一点上说他是小资产阶级的作家，我可以承认。

我们的短篇小说，“即兴”而成的最多，注意结构的实在没有几个人；鲁迅先生与圣陶便是其中最重要的。他们的作品都很多，但大部分都有谨严而不单调的布局。圣陶的后期作品更胜于初期的。初期里有些别体，《隔膜》自颇紧凑，但《不快之感》及《啼声》，就没有多少精彩；又《晓行》，《旅路的伴侣》两篇（《火灾》中），虽穿插颇费苦心，究竟嫌破碎些（《悲哀的重载》却较好）。这些时候，圣陶爱用抽象观念的比喻，如“失望之渊”，“烦闷之渊”等，在现在看来，似乎有些陈旧或浮浅了。他又爱用骈句，有时使文字失去自然的风味。而各篇中作者出面解释的地方，往往太正经，又太多。如《苦菜》（《隔膜》中）固是第一身的叙述，但后面那一个公式与其说明，也太煞风景了。圣陶写对话似不顶擅长。各篇中对话往往嫌平板，有时说教气太重；这便在后期作品中也不免。圣陶写作最快，但决非不经心；他在《倪焕之》的《自记》里说：“斟酌字句的癖习越来越深”，我们可以知道他平日的态度。他最擅长的是结尾，他的作品的结尾，几乎没有一篇不波俏的。他自己曾戏以此自诩；钱杏邨先生也说他的小说，“往往在收束的地方，使人有悠然不尽之感。”

十九年七月，北平清华园。

给《一个兵和他的老婆》的作者

——李健吾先生

（即拟此书的文体）

我已经念完勒《一个兵和他的老婆》得故事。我说，健吾，真有你得！

我说，这个兵够人味儿。他是个粗透勒顶得粗人，可是他又是个机灵不过得人。瞧那位店东家两回想揭穿他俩得事儿，他怎么对付来着！还有，他奉勒营长得命令，去敲那位章老头儿——就是他得丈人勒——去敲他得竹杠得时候，恰巧他亲家说他将女儿玉子窝藏起来勒，他俩正闹得不得开交哪。你瞧，他会做得面面儿光；竹杠是敲上勒，却不是他丈人章老头儿！张冠李戴，才有趣哪。他有这们多得心眼儿，加上他那个当兵得大胆子，——真想不到——他敢带勒逃出来得章玉子，他得老婆，“重入家门”。这们着，他俩才成就勒美满得姻缘；不然，后来怎样，只有天知道啦。可是，顶要紧得，他是个有良心得人。要是他在马房里第一回看见他老婆得时候，也像他那三个弟兄得性儿，那可不什们都完啦；压根儿这本书也就甭写啦。所以我说这个兵够人味儿。他有一个健康得身子，还有一颗健康得心。可是，健吾，咱们真有过这们胆儿大，心儿细，性儿好得兵？你相信？不论你怎们回答，我觉得这不是现在真有得人；这是你笔底下造出来得英雄。他没有兵们得坏处，只有他们得好处；不但有他们得好处，还有咱们得——干脆说你得——好处。这们凑合起来，他才是个可爱得人。至于章玉子，他得老婆，那女得多少有得儿古怪。但是她得天真烂漫，也可爱得；做他那样子得人得老婆，她倒也合式。

他得说话虽然还不全像一个兵，但是，也够干脆得啦。咱们得作家们，说起话来，老是斯斯文文得，慢声慢气得；有得更是扭扭捏捏，怪声怪气得。至少也得比平常人多绕上几个弯儿。这们着也有这们着得好处，可是你也这一套，我也这一套，叫人腻得慌。像他那们大刀阔斧，砍一下儿是一下儿得，似乎还很少哪。他不多说一句话，也不乱说一句话；句句话从他心坎儿上出来，句句话打在咱们心坎儿上——句句话紧紧得凑合着，不让漏一丝缝儿。好比船上得布篷，灌满勒风，到处都急绷绷得。他得话虽说有五段儿，好像是一口气说完勒似得；他不许你想你自己得，忘了他得。可是你说他真得着忙？不不！他闲着哪。他老是那们带顽带笑得。你说他真得有什们，说什们，像一个没有底儿得布袋？不不！他老忘不了叫你着急，叫你担心，那位店东家两回得吓诈，且甭提，只提“他们头一宵的恩爱”那一段，那女得三回说到嘴边又瞒过勒得那句话，你能不纳闷儿？再说，“他老婆重入家门”那一段，先说他带勒“一位没有走过世面得弟兄”，上他丈人家去。你想得到，这位护兵会变成他得老婆哪？可惜临了儿他那位丈人拐勒一个不大圆得弯儿；我不信那个老头儿真会那们着崇拜“先王得礼法”！要让他换个样子，另拐上一个弯儿，就好勒。就是这收梢，不大得劲似得。

除勒这一处，健吾，我敢保这本书没有错儿！

十七年十二月四日。

《燕知草》序

“想当年”一例是要有多少感慨或惋惜的，这本书也正如此。《燕知草》的名字是从作者的诗句“而今陌上花开日，应有将雏旧燕知”而来；这两句话以平淡的面目，遮掩着那一往的深情，明眼人自会看出。书中所写，全是杭州的事；你若到过杭州，只看了目录，也便可约略知道的。

杭州是历史上的名都，西湖更为古今中外所称道；画意诗情，差不多俯拾即是。所以这本书若可以说有多少的诗味，那也是很自然的。西湖这地方，春夏秋冬，阴晴雨雪，风晨月夜，各有各的样子，各有各的味儿，取之不竭，受用不穷；加上绵延起伏的群山，错落隐现的胜迹，足够叫你流连忘反。难怪平伯会在大洋里想着，会在睡梦里惦着！但“杭州城里”，在我们看，除了吴山，竟没有一毫可留恋的地方。像清河坊，城站，终日是喧阗的市声，想起来只会头晕罢了；居然也能引出平伯那样怅惘的文字来，乍看真有些不可思议似的。

其实也并不奇。你若细味全书，便知他处处在写杭州，而所着眼的处处不是杭州。不错，他惦着杭州；但为什么与众不同地那样黏着地惦着？他在《清河坊》中也曾约略说起；这正因杭州而外，他意中还有几个人在——大半因了这几个人，杭州才觉可爱的。好风景固然可以打动人心，但若得几个情投意合的人，相与徜徉其间，那才真有味；这时候风景觉得更好。——老实说，就是风景不大好或竟是不好的地方，只要一度有过同心人的踪迹，他们也会老那么惦记着的。他们还能出人意表地说出这种地方的好处，像书中《杭州城站》，《清河坊》一类文字，便是如此。再说我在杭州，也待了不少日子，和平伯差不多同时，他去过的地方，我大半也去过；现在就只有淡淡的影像，没有他那迷劲儿。这自然有许多因由，但最重要的，怕还是同在的人的不同吧？这种人并不在多，也不会多。你看，这书里所写的，几乎只是和平伯有着几重亲的H君的一家人——平伯夫人也在内；就这几个人，给他一种温暖秋浓郁的氛围气。他依恋杭州的根源在此，他写这本书的感兴，其实也在此。就是那《塔砖歌》与《陀罗尼经歌》，虽像在发挥着"历史癖与考据癖"，也还是以H君为中心的。

近来有人和我论起平伯，说他的性情行径，有些像明朝人。我知道所谓"明朝人"，是指明末张岱，王思任等一派名士而言。这一派人的特征，我惭愧还不大弄得清楚；借了现在流行的话，大约可以说是"以趣味为主"的吧？他们只要自己好好地受用，什么礼法，什么世故，是满不在乎的。他们的文字也如其人，有着"洒脱"的气息。平伯究竟像这班明朝人不像，我虽不甚知道，但有几件事可以给他说明，你看《梦游》的跋里，岂不是说有两位先生猜那篇文像明朝人做的？平伯的高兴，从字里行间露出。这是自画的供招，可为铁证。标点《陶庵梦忆》，及在那篇跋里对于张岱的向往，可为旁证。而周岂明先生《杂拌儿》序里，将现在散文与明朝人的文章，相提并论，也是有力的参考。但我知道平伯并不曾着意去模仿那些人，只是性习有些相近，便尔暗合罢了；他自己起初是并未以此自期的；若先存了模仿的心，便只有因袭的气分，没有真情的流露，那倒又不像明朝人了。至于这种名士风是好是坏，合时宜不合时宜，要看你如何着眼；所谓见仁见智，各有不同——像《冬晚的别》，《卖信纸》，我就觉得太"感伤"些。平伯原不管那些，我们也不必管；只从这点上去了解他的为人，他的文字，尤其是这本书便好。

这本书有诗，有谣，有曲，有散文，可称五光十色。一个人在一个题目上，这样用了各体的文字抒写，怕还是第一遭吧？我见过一本《水上》，是以西湖为题材的新诗集，但只是新诗一体罢了；这本书才是古怪的综合呢。书中文字颇有浓淡之别。《雪晚归船》以后之作，和《湖楼小撷》、《芝田留梦记》等，显然是两个境界。平伯有描写的才力，但向不重视描写。虽不重视，却也不至厌倦，所以还有《湖楼小撷》一类文字。近年来他觉得描写太板滞，太繁缛，太矜持，简直厌倦起来了；他说他要素朴的趣味。《雪晚归船》一类东西便是以这种意态写下来的。这种"夹叙夹议"的体制，却并没有堕入理障中去；因为说得干脆，说得亲切，既不"隔靴搔痒"，又非"悬空八只脚"。这种说理，实也是抒情的一法；我们知道，"抽象"，"具体"的标准，有时是不够用的。至于我的欢喜，倒颇难确说，用杭州的事打个比方罢：书中前一类文字，好像昭贤寺的玉佛，雕琢工细，光润洁白；后一类呢，恕我拟不于伦，像吴山四景园驰名的油酥饼——那饼是入口即化，不留渣滓的，而那茶店，据说是“明朝”就有的。

《重过西园码头》这一篇，大约可以当得“奇文”之名。平伯虽是我的老朋友，而赵心馀却决不是，所以无从知其为人。他的文真是“下笔千言离题万里”。所好者，能从万里外一个筋斗翻了回来；“赵”之与“孙”，相去只一间，这倒不足为奇的。所奇者，他的文笔，竟和平伯一样；别是他的私淑弟子罢？其实不但“一样”，他那洞达名理，委曲述怀的地方，有时竟是出蓝胜蓝呢。最奇者，他那些经历，有多少也和平伯雷同！这的的括括可以说是天地间的“无独有偶”了。呜呼！我们怎能起赵君于九原而细细地问他呢？

十七年十二月十九晚，北平清华园。

《老张的哲学》与《赵子曰》

《老张的哲学》，为一长篇小说，叙述一班北平闲民的可笑的生活，以一个叫“老张”的故事为主，复以一对青年的恋爱问题穿插之。在故事的本身，已极有味，又加以著者讽刺的情调，轻松的文笔，使本书成为一本现代不可多得之佳作，研究文学者固宜一读，即一般的人们亦宜换换口味，来阅看这本新鲜的作品。

《赵子曰》这部作品的描写对象是学生的生活。以轻松微妙的文笔，写北平学生生活，写北平公寓生活，非常逼真而动人，把赵子曰等几个人的个性活活的浮现在我们读者的面前。后半部却入于严肃的叙述，不复有前半部的幽默，然文笔是同样的活跃。且其以一个伟大的牺牲者的故事作结，很使我们有无穷的感喟。这部书使我们始而发笑，继而感动，终于悲愤了。(十七年十月《时事新报》)

这是商务印书馆的广告。虽然是广告，说得很是切实，可作两条短评看。从这里知道这两部书的特色是“讽刺的情调”和“轻松的文笔”。

讽刺小说，我们早就有了《儒林外史》，并不是“新鲜”的东西。《儒林外史》的讽刺，“感而能谐，婉而多讽”（鲁迅《中国小说史略》二十三篇），以“含蓄蕴酿”为贵。后来所谓“谴责小说”，虽出于《儒林外史》，而“辞气浮露，笔无藏锋”，“描写失之张皇，时或伤于溢恶，言违真实，则感人之力顿微”（《小说史略》二十八篇）。这是讽刺的艺术的差异。前者本于自然的真实，而以精细的观察与微妙的机智为用。后者是在观察的事实上，加上一层夸饰，使事实失去原来的轮廓。这正和上海游戏场里的“哈哈镜”一样，人在镜中看见扁而短或细而长的自己的影子，满足了好奇心而暂时地愉快了。但只是“暂时的”愉快罢了，不能深深地印入人心坎中。这种讽刺的手法与一般人小说的观念是有联带关系的，从前人读小说只是消遣，作小说只是游戏。“谴责小说”与一切小说一样，都是戏作。所谓“谴责”或讽刺，虽说是本于愤世嫉俗的心情，但就文论文，实在是嘲弄的喜剧味比哀矜的悲剧味多得多。这种小说总是杂集“话柄”；“联缀此等，以成类书”（《小说史略》二十八篇）。“话柄”固人人所难免，但一人所行，决无全是“话柄”之理。如李伯元《官场现形记》，只叙此种，仿佛书中人物只有“话柄”而没有别的生活一样，而所叙又加增饰。这样，便将书中人全写成变态的了。《儒林外史》有时也不免如此，但就大体说，文笔较为平实和婉曲，与此固不能并论。小说既系戏作，由《儒林外史》变为“谴责小说”，却也是自然的趋势。至于不涉游戏的严肃的讽刺，直到近来才有；鲁迅先生的《阿Q正传》，可为代表。这部书是类型的描写；沈雁冰先生说得好：中国没有这样“一个”人，但这是一切中国人的“谱”（大意）。我们大家都分得阿Q的一部分。将阿Q当作“一个”人看，这部书确是夸饰，但将他当作我们国民性的化身看，便只觉亲切可味了。而文笔的严冷隐隐地蕴藏着哀矜的情调，那更是从前的讽刺或谴责小说所没有。这是讽刺的态度的差异。

这两部书里的“讽刺的情调”是属于哪一种呢？这不是可以简单回答的。《赵子曰》的广告里称赞作者个性的描写。不错，两部书里各人的个性确很分明。在这一点上，它们是近于《儒林外史》的；因为《官场现形记》和《阿Q正传》等都不描写个性。但两书中所描写的个性，却未必全能“逼真而动人”。从文笔论，与其说近于《儒林外史》，还不如说近于“谴责小说”。即如两位主人公，老张与赵子曰：老舍先生写老张的“钱本位”的哲学，确乎是酣畅淋漓，阐扬尽致；但似乎将“钱本位”这个特点太扩大了些，或说太尽致了些。我们固然觉得“可笑”，但谁也未必信世界上真有这样“可笑”的人。老舍先生或者将老张写成一个“太”聪明的人，但我们想老张若真这样，那就未免“太”傻了；傻得近于疯狂了。如第十五节云：

他（老张）只不住的往水里看，小鱼一上一下的把水拨成小圆圈，他总以为有人从城墙上往河里扔铜元，打得河水一圈一圈的。以老张的聪明，自然不久的明白那是小鱼们游戏，虽然，仍屡屡回头望也！

这自然是“钱本位”的描写；是太聪明？是太傻？我想不用我说。至于赵子曰，他的名字便是一个玩笑；你想得出谁会有这样一个怪名字？世上是有不识不知的人，但大学生的赵子曰不会那样昏聩糊涂，和白痴相去不远，却有些出人意表！其余的角色如《老张的哲学》中的龙树古，蓝小山，《赵子曰》中的周少濂，武端，莫大年，欧阳天风，也都有写得过火的地方。这两部书与“谴责小说”不同的，它们不是杂集话柄而是性格的扩大描写。在这一点上，又有些像《阿Q正传》。但《正传》写的是类型，不妨用扩大的方法；这两部书写的是个性，用这种方法便不适宜。这两部书还有一点可以注意：它们没有一贯的态度。它们都有一个严肃的悲惨的收场，但上文却都有不少的游戏的调子；《赵子曰》更其如此。广告中说“这部书使我们始而发笑，继而感动，终于悲愤了”。“发笑”与“悲愤”这两种情调，足以相消，而不足以相成。这两部书若用一贯的情调或态度写成，我想力量一定大得多。然而有这样严肃的收场，便已异于“谴责小说”而为现代作品了。

两部书中的人物，除《老张的哲学》中的老张，南飞生，蓝小山，《赵子曰》中的欧阳天风外，大都是可爱的。他们各有缺点和优点。只有《赵子曰》中的李景纯似乎没有什么缺点；正和老张等之没有什么优点一样。李景纯是这两部书中唯一的英雄；他热心苦口，领导着赵子曰去做好人；他忍受欧阳天风的辱骂，不屑与他辩论；他尽心竭力保护王女士，而毫无所求；他“为民间除害”而牺牲了自己。老舍先生写李景纯，始终是严肃的；在这里我们看见作者的理想的光辉。这两部书若可说是描写“钱本位”与人本位的思想的交战的，那么李景纯是后者的代表而老张不用说是前者的代表——欧阳天风也是的。其余的人大抵挣扎于两者之间，如龙树古，武端都是的。在《老张的哲学》里，人本位是无声无臭地失败了。在《赵子曰》里，人本位虽也照常失败，但却留下光荣的影响：莫大年，武端，赵子曰先后受了李景纯的感化，知道怎样努力做人。前书只有绝望，后书却有了希望；这或许与我们时代有关，书中有好几处说到革命，可为佐证。在这一点上，《赵子曰》的力量，胜过《老张的哲学》。可是书中人物的思想都是很浅薄的；《老张的哲学》里的不用说，便是李景纯，那学哲学的，也不过如此。大约有深一些的思想的人，也插不进这两部书里去罢？至于两书中最写得恰当的人，我以为要算《老张的哲学》里的赵姑父赵姑母。这是一对可爱的老人。如第十三节云：

> 王德、李应买菜回来，姑母一面批评，一面烹调。批评的太过，至于把醋当了酱油，整匙的往烹锅里下。忽然发觉了自己的错误，于是停住批评，坐在小凳上笑得眼泪一个挤着一个往下滴。
>
> …………
>
> 赵姑母不等别人说话，先告诉她丈夫，她把醋当作了酱油。
>
> 赵姑父听了，也笑得流泪，他把鼻子淹了一大块。

这里写赵姑母的唠叨和龙钟，惟妙惟肖；老夫妇情好之笃，也由此可见。这是一段充满了生活趣味的描写。两书中除李景纯和这一对老夫妇外，其余的人物描写，大抵是不免多少“张皇”的。——这也可以说是不一贯的地方。

这两部书的结构，大体是紧凑的。《老张的哲学》里的时间，约莫一年；《赵子曰》里的，只是由冬而夏的三季。时间的短促，有时可以帮助结构。《老张的哲学》里主角颇多，穿插甚难恰到好处；老舍先生布置各节，似乎很苦心。《赵子曰》是顺次的叙述，每章都有主人公在内，自然比较容易。又《赵子曰》共二十七章，除八,九,十三章叙赵子曰在天津的事以外，别的都以北京为背景；《老张的哲学》却忽而乡，忽而城，错综不一，这又比较难些。《老张的哲学》里没有不关紧要的叙述，《赵子曰》里却有：第二章第四节叙赵子曰加入足球队，实在可有可无；又八,九,十三章，也似乎太详些——主角在北京，天津的情形，不妨少叙些。《老张的哲学》以两个女子为全篇枢纽，她们都出面；《赵子曰》以一个王女士为枢纽，却不出面。虽不出面，但书中人却常常提到她；虽提到她，却总未说破，她是怎样的人。像闷葫芦一样，直到末章才揭开了，由她给李景纯的信里，叙出她的身世。这样达到了“极点”，一切都有了着落。这种布置确比《老张的哲学》巧些。两书结尾都有毛病：《老张的哲学》末尾找补书中未死各人的结局，散漫无归；《赵子曰》末一段赵子曰向莫大年，武端说的话，意思不大明显，不能将全篇收住。又两书中作者现身解释的地方太多，这是“辞气浮露”的一因。而一章或一节的开端，往往有很长的解释或议论，似乎是旧小说开端的滥调，往往很杀风景的。又两书描写有类似的地方，似乎也不大好：《老张的哲学》里的孙八常说“多辛苦”一句话，《赵子曰》里的武端也常说“你猜怎么着”，这未免有些单调；为什么每部书里总该有这样一个人？至于“轻松的文笔”，那是不错的。老舍先生的白话没有旧小说白话的熟，可是也不生；只可惜虽“轻松”，却不甚隽妙。可称为隽妙的，除赵姑父赵姑母的描写及其一二处外，便只有写景了；写景是老舍先生的拿手戏，差不多都好。现在举一节我最喜欢的：

那粉团似的蜀菊，衬着嫩绿的叶儿，迎着风儿一阵阵抿着嘴儿笑。那长长的柳条，像美女披散着头发，一条一条的慢慢摆动，把南风都摆动得软了，没有力气了。那高峻的城墙长着歪着脖儿的小树，绿叶底下，青枝上面，藏着那么一朵半朵的小红牵牛花。那娇嫩刚变好的小蜻蜓，也有黄的，也有绿的，从净业湖而后海而什刹海而北海而南海，一路弯着小尾巴在水皮儿上一点一点；好像北京是一首诗，他们在绿波上点着诗的句读。净业湖畔的深绿肥大的蒲子，拔着金黄色的蒲棒儿，迎着风一摇一摇的替浪声击着拍节。什刹海中的嫩荷叶，卷着一些幽情，放开的像给诗人托出一小碟子诗料。北海的渔船在白石栏的下面，或是湖心亭的旁边，和小野鸭们挤来挤去的荡漾着；时时的小野鸭们噗喇噗喇擦着水皮儿飞，好像替渔人的歌唱打着锣鼓似的：“五月来呀南风儿吹”噗喇噗喇，“湖中的鱼儿”噗喇，“嫩又肥”噗喇噗喇。……那白色的塔，蓝色的天，塔

与天的中间飞着那么几只灰野鸽：一上一下，一左一右，诗人的心随着小灰鸽飞到天外去了。……（《赵子曰》第十六章第一节）

这是不多不少的一首诗。

十八年二月。

《谈美》序

新文化运动以来，文艺理论的介绍，各新杂志上常常看见；就中自以关于文学的为主，别的偶然一现而已。同时各杂志的插图却不断地复印西洋名画，不分时代，不论派别，大都凭编辑人或他们朋友的嗜好。也有选印雕像的，但比较少。他们有时给这些名作来一点儿说明，但不说明的时候多。青年们往往将杂志当水火，当饭菜；他们从这里得着美学的知识，正如从这里得着许多别的知识一样。他们也往往应用这点知识去欣赏，去批评别人的作品，去创造自己的。不少的诗文和绘画就如此形成。但这种东鳞西爪积累起来的知识只是“杂拌儿”；——还赶不上“杂拌儿”，因为“杂拌儿”总算应有尽有，而这种知识不然。应用起来自然是够苦的，够张罗的。

从这种凌乱的知识里，得不着清清楚楚的美感观念。徘徊于美感与快感之间，考据批评与欣赏之间，自然美与艺术美之间，常时自己冲突，自己烦恼，而不知道怎样去解那连环。又如写实主义与理想主义就像是难分难解的一对冤家，公说公有理，婆说婆有理，各有一套天花乱坠的话。你有时乐意听这一造的，有时乐意听那一造的，好叫你左右做人难！还有近年来习用的“主观的”“客观的”两个名字，也不只一回“缠夹二先生”。因此许多青年腻味了，索性一切不管，只抱着一条道理，“有文艺的嗜好就可以谈文艺”。这是“以不了了之”，究竟“谈”不出什么来。留心文艺的青年，除这等难处外，怕更有一个切身的问题等着解决的。新文化是“外国的影响”，自然不错；但说一般青年不留余地的鄙弃旧的文学艺术，却非真理。他们觉得单是旧的“注”“话”“评”“品”等不够透彻，必须放在新的光里看才行。但他们的力量不够应用新知识到旧材料上去，于是只好搁浅，并非他们愿意如此。

这部小书便是帮助你走出这些迷路的。它让你将那些杂牌军队改编为正式军队；裁汰冗弱，补充械弹，所谓“兵在精而不在多”。其次指给你一些简截不绕弯的道路让你走上前去，不至于彷徨在大野里，也不至于彷徨在牛角尖里。其次它告诉你怎样在咱们的旧环境中应用新战术；它自然只能给你一两个例子看，让你可以举一反三。它矫正你的错误，针砭你的缺失，鼓励你走向前去。作者是你的熟人，他曾写给你《十二封信》；他的态度的亲切和谈话的风趣，你是不会忘记的。在这书里他的希望是很大的，他说：

> 悠悠的过去只是一片漆黑的天空，我们所以还能认识出来这漆黑的天空者，全赖思想家和艺术家所散布的

几点星光。朋友，让我们珍重这几点星光！让我们也努力散布几点星光去照耀和那过去一般漆黑的未来。（第一章）

这却不是大而无当，远不可及的例话；他散布希望在每一个心里，让你相信你所能做的比你想你所能做的多。他告诉你美并不是天上掉下来的；它一半在物，一半在你，在你的手里。“一首诗的生命不是作者一个人所能维持住，也要读者帮忙才行。读者的想象和情感是生生不息的，一首诗的生命也就是生生不息的，它并非是一成不变的。”（第九章）“情感是生生不息的，意象也是生生不息的。……即景可以生情，因情也可以生景。所以诗是做不尽的。……诗是生命的表现。说诗已经做穷了，就不啻说生命已到了末日。”（第十一章）这便是“欣赏之中都寓有创造，创造之中也都寓有欣赏”（第九章）；是精粹的理解，同时结结实实地鼓励你。

孟实先生还写了一部大书，《文艺心理学》。但这本小册子并非节略；它自成一个完整的有机体，有些处是那部大书所不详的；有些是那里面没有的。——《人生的艺术化》一章是著明的例子；这是孟实先生自己最重要的理论。他分人生为广狭两义：艺术虽与“实际人生”有距离，与“整个人生”却并无隔阂；“因为艺术是情趣的表现，而情趣的根源就在人生。反之，离开艺术也便无所谓人生；因为凡是创造和欣赏都是艺术的活动。”他说：“生活上的艺术家也不但能认真而且能摆脱。在认真时见出他的严肃，在摆脱时见出他的豁达。”又引西方哲人之说：“至高的美在无所为而为的玩索”，以为这“还是一种美”。又说：“一切哲学系统也都只能当作艺术作品去看。”又说：“真理在离开实用而成为情趣中心时，就已经是美感的对象；……所以科学的活动也还是一种艺术的活动。”这样真善美便成了三位一体了。孟实先生引读者由艺术走入人生，又将人生纳入艺术之中。这种“宏远的眼界和豁达的胸襟”，值得学者深思。文艺理论当有以观其会通；局于一方一隅，是不会有真知灼见的。

二十一年四月，伦敦。

论白话

——读《南北极》与《小彼得》的感想

读完《南北极》与《小彼得》，有些缠夹的感想，现在写在这里。

当年胡适之先生和他的朋友们提倡白话文学，说文言是死的，白话是活的。什么叫做“活的”？大家似乎全明白，可是谁怕也没有仔细想过。是活在人人嘴上的？这种话现在虽已有人试记下来，可是不能通行；而且将来也不准能通行（后详）。后来白话升了格叫做“国语”。国语据说就是“蓝青官话”，一人一个说法，大致有一个不成文的谱。这可以说是相当的“活的”。但是写在纸上的国语并非蓝青官话；它有比较划一的体裁，不能够像蓝青官话那样随随便便。这种体裁是旧小说，文言，语录夹杂在一块儿。是在清末的小说家手里写定的。它比文言近于现在中国大部分人的口语，可是并非真正的口语，换句话说，这是不大活的。胡适之先生称赞的《侠隐记》的文字和他自己的便都是如此。

周作人先生的“直译”，实在创造了一种新白话，也可以说新文体。翻译方面学他的极多，像样的却极少；“直译”到一点不能懂的有的是。其实这些只能叫做“硬译”“死译”，不是“直译”。写作方面周先生的新白话可大大地流行，所谓“欧化”的白话文的便是。这是在中文里参进西文的语法；在相当的限度内，确能一新语言的面目。流弊所至，写出“三株们的红们的牡丹花们”一类句子。那自然不行。这种新白话本来只是白话“文”，不能上口说。流行既久，有些句法也就跑进口语里，但不多。周先生自己的散文不用说用这种新白话写；可是他不但欧化，还有点儿日化，像那些长长的软软的形容句子。学这种的人就几乎没有。因为欧化文的流行一半也靠着懂英文的多，容易得窍儿；懂日文的却太少了。

创造社对于语言的努力，据成仿吾先生说，有三个方针：“一、极力求合于文法；二、极力采用成语，增进语汇；三、试用复杂的构造。”（见《从文学革命到革命文学》）他们虽说试用复杂的构造，却并不大采用西文语法。增造语汇这一层做到了，白话文在他们手里确是丰富了不少。但最重要的是他们笔锋上的情感，那像狂风骤雨的情感。我们的白话作品，不论老的新的，从没有过这个。那正是“个性的发现”的时代，一般读者，特别是青年们，正感着心中有苦说不出，念了他们的创作，爱好欲狂，他们的虽也还是白话文，可是比前一期的欧化文离口语要近些了；郁达夫先生的尤其如此，所以仿效他的也最多。

陈西滢先生的《闲话》平淡而冷静，论事明澈，有点像报章文字。他的思想细密，所以显得文字也好。他的近于口语的程度和适之先生的差不多。徐志摩先生的诗和散文虽然繁密，“浓得化不开”，他却有意做白话。他竭力在摹效北平的口吻，有时是成功的，如《志摩的诗》中《太平景象》一诗。又如《一条金色的光痕》，摹效他家乡硖石的口吻，也是成功的。他的好处在那股活劲儿。有意用一个地方的活语言来做诗做文，他算是我们第一个人；至于他的情思不能为一般民众所了解，那是另一问题，姑且不论。

有一位署名“蜂子”的先生写过些真正的白话诗，登在前几年的《大公报》上。他将这些诗叫做“民间写真”，写的大概是农村腐败的情形和被压迫的老百姓。用的是干脆的北平话，押韵非常自然。可惜只登了没有几首，所以极少注意的人。李健吾先生的《一个兵和他的老婆》（现收入《坛子》中）是一个理想的故事，可是生动极了。全篇是一个兵的自述，用的也是北平话，充分地表现着喜剧的气分，徐志摩先生的《太平景象》等诗乃至蜂子先生的“民间写真”都还只是小规模，他的可是整本儿。他将国语语助字全改作北平语语助字，话便容易活起来。我们知道国语语助字有些已经差不多光剩了一种形式，只能上纸，不能上口了。

赵元任先生改译的《最后五分钟》剧本，用的是道地北平语，语助字满都仔仔细细改了，一字一句都能上口说。这才真是白话。不过他的用意在研究北平的语助辞，在打一个戏谱，不在创造一种新文体。那个怕也不会成为一种新文体；因为有些分别太细微了，太琐碎了，看起来作起来都不大方便。

国语体（即胡适之，陈西滢诸先生的文体）是我们白话文的基调。欧化体和创造体曾经风靡一时；现在却差点儿势。用活的方言作文还只有几个人试验，没有成为风气；但成绩都还不坏。近年来可有一种新运动，向着另一方向去。这所谓旧瓶里装新酒。用时调，山歌，弹词，宣卷，鼓词等旧有的民间文艺的体裁来说新的东西。上海这种印本大概不少。但我没有见，无从评论，这些体裁里面照例夹带着好些文言，并不全是白话；那是因为歌词要将就音乐，本与常语要不同些。这种运动用意似乎在广播新思想，而不注重文字；与前举几位的态度大不一样；只有与蜂子先生还相近些。

最近宋阳先生在《文学月报》里提出“大众文艺的问题”，引起许多讨论。关于“用什么话写”一层，宋阳先生主张用“最浅近的新兴阶级的普通话”，而这“又不是官僚的所谓国语”。但止敬先生在同报第二期里指出这种普通话“还不够文学描写上的使用”。又有一位寒生先生在《北斗杂志》上主张用“大众日常所说的绝对白话”，就是“大多数工农大众所说的普通话”。这种大多数工农大众的普通话，其实是没有的。工人间还有那不够描写用的普通话，农人各处一乡，不与异乡人接触，哪儿来的这个？其实国语区域倒是广，用国语虽不是大多数工农大众所说的普通话，可是相差不远，而且比较丰富够用。止敬先生主张，“还不能不用通行的白话”，便是为此。但我的意思，不妨尽量地采用活的北平话，和我们的国音现在采用北平话一样。不过都要像赵元任先生的戏谱那样，可太麻烦；我想有些读音的轻重和语助词的念法不妨留给读者自己去辨别，我们只多多采用北平话的句法和成语（可以望文生义的）就行了。若说这么着南几省人就不能懂，我觉得不然。他们若是识过字，读过国语文或白话文，这是不成什么问题的。不识字，或识字太少，那就什么书也不能读；得从头做起，让他们先识够了字。

《南北极》和《小彼得》两部书都尽量采用活的北平话，念起来虎虎有生气。《小彼得》写工人，兵，讲恋爱的青年，和动摇的投机的青年。作者写某一种人便加进某一种特别的语汇，所以口吻很像。《稀松的恋爱故事》写现在恋爱方式的无聊，《猪肠子的悲哀》写一个在观望在堕落的小资产阶级，《皮带》写一个患得患失的谋差使的人，都透彻极了。《面包线》写一件抢米的故事；篇中空气渐渐紧张起来，你忿忿了，然后痛快地解决了。《二十一个》写得不大结实些；别的都不坏。《南北极》只写工人，海盗，渔人，都是所谓“流浪汉”，干脆得多，不像《小彼得》里有时还免不了多少欧化的痕迹。《南北极》那一篇自然最酣畅淋漓，写一个流浪汉对于上层阶级的轻蔑与仇恨。这种轻蔑与仇恨是全书的中心思想。其中三篇只表这个思想和对于将来的确信。《咱们的世界》写海盗，表面上虽也还是《水浒》式的英雄；骨子里他们却不仅是反抗贪官污吏，替天行道，而是对于整个儿的上层社会轻蔑与仇恨。他们相信，“这世界多早晚总是咱们穷人的”。《生活在海上的人们》便写这班穷人的动作。虽然暂时失败了，可是他们“还要来一次的”。这一篇写集团的行为，头绪太繁了，真不容易。但和前几年的“标语口号文学”相比，这里面有了技术；所以写出来也就相当地有效力了。书中只《手指》一篇太简略些。这里五篇有一个特色，就是都用第一人称的口气；这第一人称无论是多数还是单数，总是代表着一个集团的。《小彼得》中写小资产阶级的几篇也有一个特色，就是在个性的描写里暗示着类型。这种手法表现着一种新意识，从前还不多见。这两部书最重要的是其中对于社会的新态度；虽还不能算是新兴文学的最进步的样子，但这个过渡时代，在现有的作家中，这些怕也算得是很不坏的努力了。这已出了本题的范围，还是不论罢。

（此是据补版）

《子夜》

这几年我们的长篇小说，渐渐多起来了；但真能表现时代的只有茅盾的《蚀》和《子夜》。《蚀》写一九二七年的武汉与一九二八年的上海，写的是“青年在革命壮潮中所经过的三个时期”。能利用这种材料的不止茅君一个，可是相当地成功的只有他一个。他笔下是些有血有肉能说能做的人，不是些扁平的人形，模糊的影子。《子夜》写一九三〇年的上海，写的是民族资本主义的发展与崩溃的缩影。与《蚀》都是大规模的分析的描写，范围却小些：只侧重在“工业的金融的上海市”，而经过只有两个多月。不过这回作者观察得更有系统，分析得也更精细；前一本是作者经验了人生而写的，这一本是为了写而去经验人生的，听说他的亲戚颇多在交易所里混的；他自己也去过交易所多次。他这本书是细心研究的结果，并非“写意”的创作。《蚀》包含三个中篇，字数还没有这一本多，便是为此。看小说消遣的人看了也许觉得烦琐，腻味；那是他自己太“写意”了，怨不得作者。“子夜”的意思是“黎明之前”；作者相信一个新时代是要到来的。

这本书有主角，与《蚀》不同。主角是吴荪甫。他曾经游历欧美，抱着发展中国民族工业的雄图，是个有作为的人。他在故乡双桥镇办了一个发电厂，打算以此为基础，建筑起一个模范镇；又在上海开了一爿大丝厂。不想双桥镇给“农匪”破坏了，他心血算白费了。丝厂因为竞争不过日本丝和人造丝，渐渐不景气起来，只好在工人身上打主意，扣减她们的工钱。于是酝酿着工潮，劳资的冲突一天天尖锐化。那正是内战大爆发的时候，内地的现银向上海集中。金融界却只晓得做地皮，金子，公债，毫无企业的眼光。荪甫的姊丈杜竹斋便是一个，而且是胆子最小最贪近利的一个。荪甫自然反对这种态度。他和孙吉人、王和甫顶下了益中信托公司，打算大规模地办实业。他们一气兼并了八个制造日用品的小工厂，想将它们扩充起来，让那些新从日本移植到上海来的同部门的厂受到一个致命伤。荪甫有了这种大计划，便觉得双桥镇无用武之地，破坏了也不足深惜了。

但这是个最宜于做公债的年头；战事常常变化，投机家正可上下其手。荪甫本不赞成投机，而为迅速的扩充他们的资本，便也钻到公债里去。这明明是一个矛盾；时势如此，他无法避免。他们的企业的基础，因此便在风雨飘摇之中。这当儿他们的对头赵伯韬来了。他是美国资本家的“掮客”，代理他们来吞并刚在萌芽的民族工业的。那时杜竹斋早拆了信托公司的股；荪甫他们一面做公债，一面办厂，便周转不及；加上内战时货运阻滞，新收的八个厂的出品囤着销不出去。赵伯韬便用经济封锁政策压迫他们的公司，又在公债上与他们斗法。他们两边儿都不仅“在商言商”：荪甫接近那以实现民主政治标榜的政派，正是企业家的本色。赵伯韬是相对峙的一派，也是“掮客”的本色。他们又都代办军火；都做外力与封建军阀间媒介。他们做公债时，所想所行，却也不一定忠实于他们的政派。总之，矛盾非常多。荪甫他们做公债失败了，便压榨那八个厂的工人，但还是维持不下去。荪甫这时候气馁了，他只想顾全那二十万的血本，便投降赵伯韬也行。但孙、王两人不甘心，他们终于将那些厂直接顶给英、日的商人。现在他们用全力做公债了，荪甫将自己的厂和住房都押掉了，和赵伯韬作孤注一掷。他力劝杜竹斋和他们“打公司”；但结果杜竹斋反收了渔翁之利而去。荪甫这一下全完了。他几乎要自杀，后来却决定到庐山歇夏去。

这便是上文所谓“民族资本主义的发展与崩溃的缩影”。若觉得说得这么郑重，有些滑稽，那是因为我们的民族资本主义的进程本来滑稽得可怜。有人说这本书的要点只是公债、工潮。这不错，只要从这两项描写所占的篇幅就知道。但作者为什么这样写？他决不仅要找些新花样，给读者换口味。这其间有一番道理。书中朱吟秋说：

> 从去年以来，上海一埠是现银过剩。银根并不要紧。然而金融界只晓得做公债，做地皮，一千万，两千万，手面阔得很！碰到我们厂家一时周转不来，想去做十万八万的押款呀，那就简直像是要了他们的性命；条件的苛刻，真叫人生气。（四三面）

这并不是金融界人的善恶的问题而是时势使然。孙吉人说得好：

> 我们这次办厂就坏在时局不太平，然而这样的时局，做公债倒是好机会。（五三四面）

内战破坏了一切，只增长了赌博或投机的心理。虽像吴荪甫那样有大志有作为的企业家，也到处碰壁，终于还是钻入公债里去。这是我们民族资本主义崩溃的大关键，作者所以写益中公司的八个厂只用侧笔而以全力写公债者，便为的这个。至于写冯云卿等三人作公债而失败，那不过点缀点缀，取其与吴、赵两巨头相映成趣，觉得热闹些。但内战之外，外国资本的压迫也是中国民族工业的致命伤。这一点作者并未忽略；他只用陪笔，如赵伯韬所代理的托辣司（托拉斯），益中公司将八个厂顶给英、日商家，周仲伟将火柴厂顶给日本商家之类。这是作者善于用短，好腾出篇幅来专写他熟悉的那一方面。——民族资本主义在这两重压迫之下，自然会走向崩溃的路上去。

然而工厂主人起初还挣扎着，他们压榨工人。于是劳资关系渐趋尖锐化。这也可以成为促进资本主义崩溃的一个原因。但书中只写厂方如何利用工人，以及黄色工会中人的倾轧。也写工人运动，但他们的力量似乎很薄弱，一次次都失败了，不足以摇动大局。或者有人觉得作者笔下的工人太软弱些，但他也许不愿意铺张扬厉。他在《我们这文坛》一文（《东方杂志》三十卷一号）里说：

> 我们也唾弃那些，印板式的“新偶像主义”——对于群众行动的盲目而无批评的赞颂与崇拜。

他大约只愿意照眼睛所看的实在情形写；也只有这样才叫人相信，才叫人细想。书中写吴荪甫的丝厂里一次怠工，一次罢工；怠工从旁面着笔，罢工才从正面着笔。他写吴荪甫的愤怒，工厂管理人屠维岳的阴贼险恶，工会里的暗斗，工人的骚动，共产党的指挥，军警的捕捉，——罢工的各方面的姿态，在他笔底下总算有声有色。接着叙周仲伟火柴厂的工人到他家要求不停工的故事。这是一幕悲喜剧；无论如何，那轻快的进行让读者松一口气，作为一个陪笔是颇巧妙的。

书中以“父与子”的冲突开始，便是封建道德与资本主义的道德的冲突。但作者将吴荪甫的老太爷，写得那么不经事，一到上海，便让上海给气死了，未免干脆得不近情理。再则这第一章的主旨所谓“父与子”的冲突与全书也无甚关涉。揣想作者所以如此开端，大约只是为了结构的方便，接着便可以借着吴太爷的大殓好同时介绍全书各方面的人物。这未免太取巧了些。但如冯云卿利用女儿事，写封建道德的破产，却好。书中有一章专写农民的骚动；写冯云卿的时候，也间接地概括地说到这种情形以及地主威权的动摇。这些都暗示封建农村的势力在崩溃着。但那些封建的军阀在书中还是活跃着的。作者在《我们的文坛》里说将来的文艺该是“批判”的：“严密的分析”，“严格的批评”。他自己现在显然已向着这条路走。

吴荪甫的家庭和来往的青年男女客人，也是书中重要的点缀，东一鳞西一爪的。这些人大抵很闲，做诗，做爱，高谈政治经济，唱歌，打牌，甚至练镖，看《太上感应篇》等等，就像天底下一切无事似的。而吴荪甫却老是紧张地出入于几条火线当中。他们真像在两个世界里。作者写这些人，也都各具面目。但太简单了，好像只勾了个轮廓就算了，如吴少奶奶，她的妹妹，四小姐，阿萱，杜学诗，李玉亭等。诗人范博文却形容太甚，仿佛只是一个笑话，杜新箨写得也过火些。至于吴芝生，却又太不清楚。作者在后记里也承认书里有几个小结构，因为夏天他身体不大好，没有充分地发展开去，这实在很可惜。人物写得好的，如吴荪甫，屠维岳的刚强自信，赵伯韬的狠辣，杜竹斋的胆小贪利。可是吴、屠两人写得太英雄气概了，吴尤其如此，因此引起一部分读者对于他们的同情与偏爱，这怕是作者始料所不及罢。而屠维岳，似乎并没有受过新教育的人，向吴荪甫说的话那样欧化，也是不确当的。作者擅长描写女人，但这本书里却没有怎样出色的，大约非意所专注之故。

作者描写农村的本领，也不在描写都市之下。《林家铺子》（收在《春蚕》中），写一个小镇上一家洋广货店的故事，层层剖剥，不漏一点儿，而又委曲入情，真可算得“严密的分析”。私意这是他最佳之作。还有《春蚕》，《秋收》两短篇（均在《春蚕》中），也“分析”得细。我们现代的小说，正该如此取材，才有出路。

读《心病》

从前看惯旧小说的人总觉得新小说无头无尾，捉摸起来费劲儿。后来习惯渐渐改变，受过教育的中年少年读众，看那些斩头去尾的作品，虽费点劲儿，却已乐意为之。不过他们还只知道着重故事。直到近两年，才有不以故事为主而专门描写心理的，像施蛰存先生的《石秀》诸篇便是；读众的反应似乎也不坏。这自然是一个进展。但施先生只写了些短篇；长篇要算这本《心病》是第一部。施先生的描写还依着逻辑的顺序，李先生的却有些处只是意识流的纪录；这是一种新手法，李先生自己说是受了吴尔芙夫人等的影响。

《新月》四卷一号上有吴尔芙夫人《墙上一点痕迹》的译文。译者叶公超先生的识语里说：

> 所以，一个简单意识的印象可以引起无穷下意识的回想。这种幻影的回想未必有逻辑的连贯，每段也未必都完全，竟可以随到随止，转入与激动幻想的原物似乎

毫无关系的途径。

若许我粗率地打个比方，这有点像电影里的回忆，朦朦胧胧的，渺渺茫茫的。《心病》里有几处最可以看出向这方面的努力。如穷鬼变成旧皮袍（十六面），电门变成母亲（一百零九面），秦太太路中的思想（中卷第一章），刘妈洗衣服时的回想（一九八面）。但全书的描写，大体上还是有“逻辑的连贯”的。

书中几个重要人物都是些平常人：大学生，小官僚，官亲，旧式太太小姐。这些除秦绣英外都是不幸的人；自然以陈蔚成为最。他精神上受的压迫最多，自己叙得很详细（三二五至三二七面），因此颇有些“痴”，颇有些怪脾气；不说话，爱舅母的小脚，是显著的例子。他舅母（洪太太）是个“有识有为的妇人”，可是那份儿良心的责备也够她挣扎的。舅舅怯懦得出奇。陈蔚成的丈母（秦太太）受了丈夫的气，一心寄托在女儿和菩萨身上，看见一个穷叫化婆子，会那么惦记着，她兄弟（吴子青）会那么“死心眼儿”，她大女儿（绣云）出嫁前会那么“心烦”，也怪。其实细心读了全书，觉得满是必然，一点不奇怪；只是穷叫化婆子一件，线索的确不清楚些。我们平常总不仔细地去分析人的心理，乍看本书的描写，觉得有些生疏、反常，静静去想，却觉得入情入理。

这几个人除秦绣英外，又都是压在礼教底下的人。陈蔚成知道舅舅、舅母的罪恶，却“只有以一死了之”。他丈母与妻子（秦绣云）不用说是遵守礼教的。就是吴子青无理取闹，也仗着礼教做护符；就是洪太太，一劲儿怕人说闲话，也见出礼教的力量。他们都没有自己；这正是我们旧时代的遗影。除此以外，书中似乎还暗示着一种超人的力量。从头起就描写恐怖，超人的，人的，女鬼，结婚戒指忽然不见，胡方山的妻的死，陈蔚成中电，他的形体，他的白手套，尘封了的他住过的屋子。而且以谈鬼始，以谈鬼终。读完了这本书，真阴森森的有鬼气，似乎"运命"在这儿伸了一双手。但这个"运命"是有点神秘的，不是近代的"运命"观念，也许是爱伦坡的影响（作者写过一篇《影》，自己说受了这个人的影响），但在全书里是谐和的。

性格最分明的，陈蔚成之外要数洪太太，吴子青；这三个人在我们眼前活着。别人我们只知道一枝一节，好像传闻没有见面。中卷第二章写秦绣云姊儿俩在等妈从洪家回去的一下午。写绣云暗地里心焦，她妹子绣英却老逗着她玩儿。两个少女的心情，曲曲折折地传达出来，恰到好处。别处还免不了有堆砌的地方，这里没有。上卷胡方山占的篇幅太多了，有些臃肿的样子；特别是第九章，太平常的学生生活的一幕，与全书不称。书中所写，不过一个多月的事。上卷是陈蔚成自记，写洪家；中卷写秦家；下卷先写洪家，次写秦家，接着又是陈蔚成自记，写婚后——最后写秦绣云接到他的遗书。第一身与第三身错综地用着，不但不乱，却反觉得"合之则两美"，为的是两种口气各各用得在情在理，叫读者觉得非用不可。全书虽只涉及小小的世界，在那小世界里，却处处关联着，几乎可以说是不漏一滴水，这儿见出智慧的力量。举一个最精密的例子：上面说过的中卷第二章里叙张妈问秦绣云（那时她正在暗地里心焦等妈回来）她嫁衣的料子——

> 也不知道为什么，她忽然多起心来。她的多心使她烦躁。
>
> ——等太太回来吧，这些事真麻烦！
>
> 她的意思在衣料，然而不知道为什么却用了一个多数，好像“这些”能掩饰住她的自觉心。
>
> 多数与单数的效用，一般人是不大会这些辨别的。

书中不少的幽默，读的时候像珠子似地滚过我们的眼。

《文心》序

记得在中学校的时候，偶然买到一部《姜园课蒙草》，一部彪蒙书室的《论说入门》，非常高兴。因为这两部书都指示写作的方法。那时的国文教师对我们帮助很少，大家只茫然地读，茫然地写；有了指点方法的书，仿佛夜行有了电棒。后来才知道那两部书并不怎样高明，可是当时确得了些好处。——论读法的著作，却不曾见，便吃亏不少。按照老看法，这类书至多只能指示童蒙，不登大雅。所以真配写的人都不肯写；流行的很少像样的，童蒙也就难得到实惠。

新文学运动以来，这一关总算打破了。作法读法的书多起来了；大家也看重起来了。自然真好的还是少，因为这些新书——尤其是论作法的——往往泛而不切；假如那些旧的是饾饤琐屑，束缚性灵，这些新的又未免太无边际，大而化之了——这当然也难收实效的。再说论到读法的也太少；作法的偏畸的发展，容易使年轻人误解，以为只要晓得些作法就成，用不着多读别的书。这实在不是正路。

丏尊、圣陶写下《文心》这本“读写的故事”，确是一件功德。书中将读法与作法打成一片，而又能近取譬，切实易行。不但指点方法，并且着重训练；徒法不能自行，没有训练，怎么好的方法也是白说。书中将教学也打成一片，师生亲切的合作才可达到教学的目的。这些年颇出了些中学教学法的书，有一两本确是积多年的经验与思考而成。但往往失之琐碎，又侧重督责一面，与本书不同。本书里的国文教师王先生不但认真，而且亲切。他那慈祥和蔼的态度，叫学生不由地勤奋起来，彼此亲亲昵昵地讨论着，没有一些浮嚣之气。这也许稍稍理想化一点，但并非不可能的。所以这本书不独是中学生的书，也是中学教师的书。再则本书是一篇故事，故事的穿插，一些不缺少；自然比那些论文式纲举目张的著作容易叫人记住——换句话说，收效自然大些。至少在这一件上，这是一部空前的书。丏尊、圣陶都做过多少年的教师，他们都是能感化学生的教师，所以才写得出这样的书。丏尊与刘薰宇先生合写过《文章作法》，圣陶写过《作文论》。这两种在同类的著作里是出色的，但现在这一种却是他们的新发展。

自己也在中学里教过五年国文，觉得有三种大困难。第一，无论是读是作，学生不容易感到实际的需要。第二，读的方面，往往只注重思想的获得而忽略语汇的扩展，字句的修饰，篇章的组织，声调的变化等。第三，作的方面总想创作，又急于发表。不感到实际的需要，读和作都只是为人，都只是奉行功令；自然免不了敷衍，游戏。只注重思想而忽略训练，所获得的思想必是浮光掠影。因为思想也就存在语汇，字句，篇章，声调里；中学生读书而只取其思想，那便是将书里的话用他们自己原有的语汇等等重记下来，一定是相去很远的变形。这种变形必失去原来思想的精彩而只存其轮廓，没有甚么用处。总想创作，最容易浮夸，失望；没有忍耐而求近功，实在是苟且的心理。——这似乎是实际的需要，细想却决非“实际的”。本书对于这三件都已见到；除读的一面引起学生实际的需要，还是暂无办法外（第一章，周枚叔论“编中学国文教本之不易”），其余都结实地分析，讨论，有了补救的路子（如第三章论“作文是生活中间的一个项目”，第九章朱志青论“文病”，第十四章王先生论“读文声调”，第十七章论“语汇与语感”，第二十九章论“习作创作与应用”）。此外，本书中的议论也大都正而不奇，平而不倚，无畸新畸旧之嫌，最宜于年轻人。譬如第十四章论“读文声调”，第十六章论“现代的习字”，乍看仿佛复古，细想便知这两件事实在是基本的训练，不当废而不讲。又如第十五章论“无别择地迷恋古书之非”，也是应有之论，以免学生钻入牛角尖里去。

最后想说说关于本书的故事。本书写了三分之二的时候，丐尊、圣陶做了儿女亲家。他们俩决定将本书送给孩子们做礼物。丐尊的令嫒满姑娘，圣陶的令郎小墨君，都和我相识；满更是我亲眼看见长大的。孩子都是好孩子，这才配得上这件好礼物。我这篇序也就算两个小朋友的订婚纪念罢。

二十三年五月十七日，北平清华园。

标准与尺度

动乱时代

这是一个动乱时代。一切都在摇荡不定之中，一切都在随时变化之中。人们很难计算他们的将来，即使是最短的将来。这使一般人苦闷，这种苦闷或深或浅的笼罩着全中国，也或厚或薄的弥漫着全世界。在这一回世界大战结束的前两年，就有人指出一般人所表示的幻灭感。这种幻灭感到了大战结束后这一年，更显著了；在我们中国尤其如此。

中国经过八年艰苦的抗战，一般人都挣扎的生活着。胜利到来的当时，我们喘一口气，情不自禁的在心头描画着三五年后可能实现的一个小康时代。我们也明白太平时代还遥远，所以先只希望一个小康时代。但是胜利的欢呼闪电似的过去了，接着是一阵阵闷雷响着。这个变化太快了，幻灭得太快了，一般人失望之余，不由得感到眼前的动乱的局势好像比抗战期中还要动乱些。再说这动乱是世界性的，像我们中国这样一个国家，大概没有足够的力量来控制这动乱，我们不能计算，甚至也难以估计，这动乱将到何时安定，何时才会出现一个小康时代。因此一般人更深沉的幻灭了。

中国向来有一治一乱相循环的历史哲学。机械的循环论，现代大概很少人相信了，然而广义的看来，相对的看来，治乱的起伏似乎可以说是史实，所谓广义的，是说不限于政治，如经济恐慌，也正是一种动乱的局势；所谓相对的，是说有大治大乱，有小治小乱，各个国家，各个社会的情形不同，却都有它们的治乱的起伏。这里说治乱的起伏，表示人类是在走着曲折的路，虽然走着曲折的路，但是总在向着目标走上前去。我相信人类有目标，因此也有进步。每一回治乱的起伏，清算起来，这里那里多多少少总有些进展的。

但是人们一般都望治而不好乱。动乱时代望小康时代，小康时代望太平时代——真正的“太平”时代，其实只是一种理想。人类向着这个理想曲折的走着，所以曲折，便因为现实与理想的冲突。现实与理想都是人类的创造，在创造的过程中，不免试验与错误，也就不免冲突。现实与现实冲突，现实与理想冲突，理想与理想冲突，样样有。从一方面看，人生充满了矛盾；从另一方面看，矛盾中却也有一致的地方。人类在种种冲突中进展。

动乱时代中冲突更多，人们感觉不安，彷徨，失望，于是乎幻灭。幻灭虽然幻灭，可还得活下去。虽然活下去，可是厌倦着，诅咒着。于是摇头，皱眉毛，“没办法！没办法！”的说着，一天天混过去。可是，这如果是一个常态的中年人，他还有相当的精力，他不会甘心老是这样混过去，他要活得有意思些。他于是颓废——烟，赌，酒，女人，尽情的享乐自己。一面献身于投机事业，不顾一切原则，只要于自己有利就干。反正一切原则都在动摇，谁还怕谁？只要抓住现在，抓住自己，管什么社会国家！古诗道："我躬不阅，遑恤我后！"可以用来形容这些人。

有些人也在幻灭之余活下去，可是憎恶着，愤怒着。他们不怕幻灭，却在幻灭的遗迹上建立起一个新的理想。他们要改造这个国家，要改造这个世界。这些人大概是青年多，青年人精力足，顾虑少，他们讨厌传统，讨厌原则，而现在这些传统这些原则既在动摇之中，他们简直想一脚踢开去。他们要创造新传统，新原则，新中国，新世界。他们也是不顾一切，却不是只为自己。他们自然也免不了试验与错误。试验与错误的结果，将延续动乱的局势？还是将结束动乱局势？这就要看社会上矫正的力量和安定的力量，也就是说看他们到底抓得住现实还是抓不住。

还有些人也在幻灭之余活下去，可是对现实认识着，适应着。他们渐渐能够认识这个动乱时代，并接受这个动乱时代。他们大概是些中年人，他们的精力和胆量只够守住自己的岗位，进行自己的工作。这些人不甘颓废，可也不能担负改造的任务，只是大时代一些小人物。但是他们谨慎的调整着种种传统和原则，忠诚的保持着那些。那些传统和原则，虽然有些人要踢开去，然而其中主要的部分自有它们存在的理由。因为社会是联贯的，历史是联贯的。一个新社会不能凭空从天上掉下，它得从历来的土壤里长出。社会的安定力固然在基层的衣食住，在中国尤其是农民的衣食住，可是这些小人物对于社会上层机构的安定，也多少有点贡献。他们也许抵不住时代潮流的冲击而终于失掉自己的岗位甚至生命，但是他们所抱持的一些东西还是会存在的。

以上三类人，只是就笔者自己常见到的并且相当知道的说，自然不能包罗一切。但这三类人似乎都是这动乱时代的主要分子。笔者希望由于描写这三类人可以多少说明了这时代的局势。他们或多或少的认识了现实，也或多或少的抓住了现实，那后两类人一方面又都有着或近或远或小或大的理想。有用的是这两类人。那颓废者只是消耗，只是浪费，对于自己，对于社会都如此。那投机者扰害了社会的秩序，而终于也归到消耗和浪费一路上。到处摇头苦脸说着“没办法！”的人不过无益，这些人简直是有害了。改造者自然是时代的领导人，但希望他们不至于操之过切，欲速不达。调整者原来可以与改造者相辅为用，但希望他们不至于保守太过，抱残守阙。这样维持着活的平衡，我们可以希望比较快的走入一个小康时代。

（南京《中央日报》，三十五年）

中国学术界的大损失

——悼闻一多先生

（一）

闻一多先生在昆明惨遭暗杀，激起全国的悲愤。这是民主运动的大损失，又是中国学术的大损失。关于后一方面，作者知道的比较多，现在且说个大概，来追悼这一位多年敬佩的老朋友。

大家都知道闻先生是一位诗人。他的《红烛》，尤其他的《死水》，读过的人很多。这些集子的特色之一，是那些爱国诗。在抗战以前他也许是唯一的爱国新诗人。这里，可以看出他对文学的态度。新文学运动以来，许多作者都认识了文学的政治性和社会性而有所表现，可是闻先生认识得特别亲切，表现得特别强调。他在过去的诗人中最敬爱杜甫，就因为杜诗政治性和社会性最浓厚。后来他更进一步，注意原始人的歌舞，这是集团的艺术，也是与生活打成一片的艺术。他要的是热情，是力量，是火一样的生命。

但是他并不忽略语言的技巧，大家都记得他是提倡诗的新格律的人，也是创造诗的新格律的人。他创造自己的诗的语言，并且创造自己的散文的语言。诗大家都知道，不必细说；散文如《唐诗杂论》，可惜只有五篇，那经济的字句，那完密而短小篇幅，简直是诗。我听他近来的演说，有两三回也是这么精悍，字字句句好似称量而出，却又那么自然流畅。他因此也特别能够体会古代语言的曲折处。当然，以上这些都得靠学力，但是更得靠才气，也就是想象。单就读古书而论，固然得先通文字声韵之学，可是还不够，要没有活泼的想象力，就只能做出点滴的饾饤的工作，决不能融会贯通的。这里需要细心，更需要大胆。闻先生能够体会到古代语言的表现方式，他的校勘古书，有些地方胆大得吓人，但却是细心吟味所得；平心静气读下去，不由人不信。校书本有死校活校之分，他自然是活校，而因为知识和技术的一般进步，他的成就骎骎乎驾活校的高邮王氏父子而上之。

他研究中国古代，可是他要使局部化了石的古代复活在现代人的心目中。因为这古代与现代究竟属于一个社会，一个国家，而历史是联贯的。我们要客观的认识古代；可是，是“我们”在客观的认识古代，现代的我们要能够在心目中想象古代的生活，要能够在心目中分享古代的生活，才能认识那活的古代，也许才是那真的古代——这也才是客观的认识古代。闻先生研究伏羲的故事或神话，是将这神话跟人们的生活打成一片，神话不是空想，不是娱乐，而是人民的生命欲和生活力的表现。这是死活存亡的消息，是人与自然斗争的纪录，非同小可。他研究《楚辞》的神话，也是一样的态度。他看屈原，也将他放在整个时代整个社会里看。他承认屈原是伟大的天才，但天才是活人，不是偶像，只有这么看，屈原的真面目也许才能再现在我们心中。他研究《周易》里的故事，也是先有一整个社会的影像在心里。研究《诗经》也如此，他看出那些情诗里不少歌咏性生活的句子，他常说笑话，说他研究《诗经》，越来越“行而下”了——其实这正表现着生命的力量。

他是有幽默感的人，他的认识古代，有时也靠着这种幽默感。看《匡斋尺牍》里《狼跋》一篇，便知道他能够体会到别人从不曾体会到的古人的幽默感。而所谓“匡斋”本于匡衡说诗解人颐那句话，正是幽默的意思。他的《死水》里《闻一多先生的书桌》，也是一首难得的幽默的诗。他有着强大的生命力，常跟我们说要活到八十岁，现在还不满四十八岁，竟惨死在那卑鄙恶毒的枪下！有个学生曾瞻仰他的遗体，见他“遍身血迹，双手抱头，全身痉挛”。唉！他是不甘心的，我们也是不甘心的！

（《文艺复兴》，三十五年）

（二）

闻先生的惨死尤其是中国文学方面一个不容易补偿的损失。

闻先生的专门研究是《周易》，《诗经》，《庄子》，《楚辞》，唐诗，许多人都知道。他的研究工作至少有了二十年，发表的文字虽然不算太多，但积存的稿子却很多。这些并非零散的稿子，大都是成篇的，而且他亲手抄写得很工整。只是他总觉得还不够完密，要再加些工夫才愿意编篇成书。这可见他对于学术忠实而谨慎的态度。

他最初在唐诗上多用力量。那时已见出他是个考据家，并已见出他的考据的本领。他注重诗人的年代和诗的年代。关于唐诗的许多错误的解释与错误的批评，都由于错误的年代。他曾将唐代一部分诗人生卒年代可考者制成一幅图表，谁看了都会一目了然。他是学过图案画的，这帮助他在考据上发现了一种新技术，这技术是值得发展的。但如一般所知，他又是个诗人，并且是个在领导地位的新诗人，他亲自经过创作的甘苦，所以更能欣赏诗人与诗。他的《唐诗杂论》虽然只有五篇，但都是精彩逼人之作。这些不但将欣赏和考据融化得恰到好处，并且创造了一种诗样精粹的风格，读起来句句耐人寻味。

后来他在《诗经》《楚辞》上多用力量。我们知道要了解古代文学，必须从语言下手，就是从文字声韵下手。但必须能够活用文字声韵的种种条例，才能有所创获。闻先生最佩服王念孙父子，常将《读书杂志》《经义述闻》当作消闲的书读着。他在古书通读上有许多惊人而确切的发明。对于甲骨文和金文，也往往有独到之见。他研究《诗经》，注重那时代的风俗和信仰等等；这几年更利用弗洛伊德以及人类学的理论得到一些深入的解释。他对《楚辞》的兴趣似乎更大，而尤集中于其中的神话。他的研究神话，实在给我们学术界开辟了一条新的大路。关于伏羲的故事，他曾将许多神话综合起来，头头是道，创见最多，关系极大。曾听他谈过大概，可惜写出来的还只是一小部分。他研究《周易》，是爱其中的片段的故事，注重的是社会生活经济生活的表现。近三四年他又专力研究《庄子》，探求原始道教的面目，并发见庄子一派政治上不合作的态度。以上种种都跟传统的研究不同：眼光扩大了，深入了，技术也更进步了，更周密了。所以贡献特别多，特别大。近年他又注意整个的中国文学史，打算根据经济史观去研究一番，可惜还没有动手就殉了道。

这真是我们一个不容易补偿的损失啊！

（《国文月刊》，三十五年）

回来杂记

回到北平来，回到原来服务的学校里，好些老工友见了面用道地的北平话道："您回来啦！"是的，回来啦。去年刚一胜利，不用说是想回来的。可是这一年来的情形使我回来的心淡了，想象中的北平，物价像潮水一般涨，整个的北平也像在潮水里晃荡着。然而我终于回来了。飞机过北平城上时，那棋盘似的房屋，那点缀着的绿树，那紫禁城，那一片黄琉璃瓦，在晚秋的夕阳里，真美。在飞机上看北平市，我还是第一次。这一看使我联带的想起北平的多少老好处，我忘怀一切，重新爱起北平来了。

在西南接到北平朋友的信，说生活虽艰难，还不至如传说之甚，说北平的街上还跟从前差不多的样子。是的，北平就是粮食贵得凶，别的还差不离儿。因为只有粮食贵得凶，所以从上海来的人，简直松了一大口气，只说"便宜呀！便宜呀！"我们从重庆来的，却没有这样胃口。再说虽然只有粮食贵得凶，然而粮食是人人要吃日日要吃的。这是一个浓重的阴影，罩着北平的将来。但是现在谁都有点儿且顾眼前，将来，管得它呢！粮食以外，日常生活的必需品，大致看来不算少；不是必需而带点儿古色古香的那就更多。旧家具，小顽意儿，在小市里，地摊上，有得挑选的，价钱合式，有时候并且很贱。这是北平老味道，就是不大有耐心去逛小市和地摊的我，也深深在领略着。从这方面看，北平算得是“有”的都市，西南几个大城比起来真寒碜相了。再去故宫一看，吓，可了不得！虽然曾游过多少次，可是从西南回来这是第一次。东西真多，小市和地摊儿自然不在话下。逛故宫简直使人不想买东西，买来买去，买多买少，算得什么玩意儿！北平真“有”，真“有”它的！

北平不但在这方面和从前一样“有”，并且在整个生活上也差不多和从前一样闲。本来有电车，又加上了公共汽车，然而大家还是悠悠儿的。电车有时来得很慢，要等得很久。从前似乎不至如此，也许是线路加多，车辆并没有比例的加多吧？公共汽车也是来得慢，也要等得久。好在大家有的是闲工夫，慢点儿无妨，多等点时候也无妨。可是刚从重庆来的却有些不耐烦。别瞧现在重庆的公共汽车不漂亮，可是快，上车，卖票，下车都快。也许是无事忙，可是快是真的。就是在排班等着罢，眼看着一辆辆来车片刻间上满了客开了走，也觉痛快，比望眼欲穿的看不到来车的影子总好受些。重庆的公共汽车有时也挤，可是从来没有像我那回坐宣武门到前门的公共汽车那样，一面挤得不堪，一面卖票人还在中途站从容的给争着上车的客人排难解纷。这真闲得可以。

现在北平几家大型报都有几种副刊，中型报也有在拉人办副刊的。副刊的水准很高，学术气非常重。各报又都特别注重学校消息，往往专辟一栏登载。前一种现象别处似乎没有，后一种现象别处虽然有，却不像这儿的认真——几乎有闻必录。北平早就被称为“大学城”和“文化城”，这原是旧调重弹，不过似乎弹得更响了。学校消息多，也许还可以认为有点生意经，也许北平学生多，这么着报可以多销些？副刊多却决不是生意经，因为有些副刊的有些论文似乎只有一些大学教授和研究院学生能懂。这种论文原应该出现在专门杂志上，但目前出不起专门杂志，只好暂时委屈在日报的余幅上：这在编副刊的人是有理由的。在报馆方面，反正可以登载的材料不多，北平的广告又未必太多，多来它几个副刊，一面配合着这古城里看重读书人的传统，一面也可以镇静镇静这多少有点儿晃荡的北平市，自然也不错。学校消息多，似乎也有点儿配合着看重读书人的传统的意思。研究学术本来要悠闲，这古城里向来看重的读书人正是那悠闲的读书人。我也爱北平的学术空气。自己也只是一个悠闲的读书人，并且最近也主编了一个带学术性的副刊，不过还是觉得这么多的这么学术的副刊确是北平特有的闲味儿。

然而北平究竟有些和从前不一样了。说它“有”罢，它“有”贵重的古董玩器，据说现在主顾太少了。从前买古董玩器送礼，可以巴结个一官半职的。现在据说懂得爱古董玩器的就太少了。礼还是得送，可是上了句古话，什么人爱钞，什么人都爱钞了。这一来倒是简单明了，不过不是老味道了。古董玩器的冷落还不足奇，更使我注意的是中山公园和北海等名胜的地方，也萧条起来了。我刚回来的时候，天气还不冷，有一天带着孩子们去逛北海。大礼拜的，漪澜堂的茶座上却只寥寥的几个人。听隔家茶座的伙计在向一位客人说没有点心卖，他说因为客人少，不敢预备。这些原是中等经济的人物常到的地方，他们少来，大概是手头不宽心头也不宽了吧。

中等经济的人家确乎是紧起来了。一位老住北平的朋友的太太，原来是大家小姐，不会做家里粗事，只会做做诗，画画画。这回见了面，瞧着她可真忙。她告诉我，用人减少了，许多事只得自己干；她笑着说现在操练出来了。她帮忙我捆书，既麻利，也还结实，想不到她真操练出来了。这固然也是好事，可是北平到底不和从前一样了。穷得没办法的人似乎也更多了。我太太有一晚九点来钟带着两个孩子走进宣武门里一个小胡同，刚进口不远，就听见一声："站住！"向前一看，十步外站着一个人，正在从黑色的上装里掏什么，说时迟，那时快，顺着灯光一瞥，掏出来的乃是一把明晃晃的尖刀！我太太大声怪叫，赶紧转身向胡同口跑，孩子们也跟着怪叫，跟着跑。绊了石头，母子三个都摔倒，起来回头一看，那人也转了身向胡同里跑。这个人穿得似乎还不寒碜，白白的脸，年轻轻的。想来是刚走这个道儿，要不然，他该在胡同中间等着，等来人近身再喊"站住！"这也许真是到了无可奈何才来走险的。近来报上常见路劫的记载，想来这种新手该不少罢。从前自然也有路劫，可没有听说这么多。北平是不一样了。

电车和公共汽车虽然不算快，三轮车却的确比洋车快得多。这两种车子的竞争是机械和人力的竞争，洋车显然落后。

洋车夫只好更贱卖自己的劳力。有一回雇三轮儿，出价四百元，三轮儿定要五百元。一个洋车夫赶上来说，“我去，我去。”上了车他向我说要不是三轮儿，这么远这个价他是不干的。还有在雇三轮儿的时候常有洋车夫赶上来，若是不理他，他会说，“不是一样吗？”可是，就不一样！三轮车以外，自行车也大大的增加了。骑自行车可以省下一大笔交通费。出钱的人少，出力的人就多了。省下的交通费可以帮补帮补肚子，虽然是小补，到底是小补啊。可是现在北平街上可不是闹着玩儿的，骑车不但得出力，有时候还得拼命。按说北平的街道够宽的，可是近来常出事儿。我刚回来的一礼拜，就死伤了五六个人。其中王振华律师就是在自行车上被撞死的。这种交通的混乱情形，美国军车自然该负最大的责任。但是据报载，交通警察也很怕咱们自己的军车。警察却不怕自行车，更不怕洋车和三轮儿。他们对洋车和三轮儿倒是一视同仁，一个不顺眼就拳脚一齐来。曾在宣武门里一个胡同口看见一辆三轮儿横在口儿上和人讲价，一个警察走来，不问三七二十一，抓住三轮车夫一顿拳打脚踢。拳打脚踢倒从来如此，他却骂得怪，他骂道“×你有民主思想的妈妈！”那车夫挨着拳脚不说话，也是从来如此。可是他也怪，到底是三轮车夫罢，在警察去后，却向着背影责问道，“你有权利打人吗？”这儿看出了时代的影子，北平是有点儿晃荡了。

别提这些了，我是贪吃得了胃病的人，还是来点儿吃的。在西南大家常谈到北平的吃食，这呀那的，一大堆。我心里却还惦记一样不登大雅的东西，就是马蹄儿烧饼夹果子。那是一清早在胡同里提着筐子叫卖的。这回回来却还没有吃到。打听住家人，也说少听见了。这马蹄儿烧饼用硬面做，用吊炉烤，薄薄的，却有点儿韧，夹果子（就是脆而细的油条）最是相得益彰，也脆，也有咬嚼，比起有心子的芝麻酱烧饼有意思得多。可是现在劈柴贵了，吊炉少了，做马蹄儿并不能多卖钱，谁乐意再做下去！于是大家一律用芝麻酱烧饼来夹果子了。芝麻酱烧饼厚，倒更管饱些。然而，然而不一样了。

（《大公报》，三十五年）

文学的标准与尺度

我们说“标准”，有两个意思。一是不自觉的，一是自觉的。不自觉的是我们接受的传统的种种标准。我们应用这些标准衡量种种事物种种人，但是对这些标准本身并不怀疑，并不衡量，只照样接受下来，作为生活的方便。自觉的是我们修正了的传统的种种标准，以及采用的外来的种种标准。这种种自觉的标准，在开始出现的时候大概多少经过我们的衡量，而这种衡量是配合着生活的需要的。本文只称不自觉的种种标准为“标准”，改称种种自觉的标准为“尺度”，来显示这两者的分别。“标准”原也离不了尺度，但尺度似乎不像标准那样固定，近来常说“放宽尺度”，既然可以“放宽”，就不是固定的了。这种“标准”和“尺度”的分别，在一个变得快的时代最容易觉得出，在道德方面在学术方面如此，在文学方面也如此。

中国传统的文学以诗文为正宗，大多数出于士大夫之手。士大夫配合君主掌握着政权。做了官是大夫，没有做官是士；士是候补的大夫。君主士大夫合为一个封建集团，他们的利害是共同的。这个集团的传统的文学标准，大概可用“儒雅风流”一语来代表。载道或言志的文学以“儒雅”为标准，缘情与隐逸的文学以“风流”为标准。有的人“达则兼济天下，穷则独善其身”，表现这种情志的是载道或言志。这个得有“正其谊不谋其利，明其道不计其功”的抱负，得有“怨而不怒”“温柔敦厚”的涵养，得用“镕经铸史”“含英咀华”的语言。这就是“儒雅”的标准。有的人纵情于醉酒妇人，或寄情于田园山水，表现这种种情志的是缘情或隐逸之风。这个得有“妙赏”“深情”和“玄心”，也得用“含英咀华”的语言。这就是“风流”的标准。（关于“风流”的解释，用冯友兰先生语，见《论风流》一文中。）

在现阶段看整个的传统的文学，我们可以说“儒雅风流”是标准。但是看历代文学的发展，中间还有许多变化。即如诗本是“言志”的，陆机却说“诗缘情而绮靡”。“言志”其实就是“载道”，与“缘情”大不相同。陆机实在是用了新的尺度。“诗言志”这一个语在开始出现的时候，原也是一种尺度；后来得到公认而流传，就成为一种标准。说陆机用了新的尺度，是对“诗言志”那个旧尺度而言。这个新尺度后来也得到公认而流传，成为又一种标准。又如南朝文学的求新，后来文学的复古，其实都是在变化，在变化的时候也都是用着新的尺度。固然这种新尺度大致只伸缩于“儒雅”和“风流”两种标准之间，但是每回伸缩的长短不同，疏密不同，各有各的特色。文学史的扩展从这种种尺度里见出。

这种尺度表现在文论和选集里，也就是表现在文学批评里。中国的文学批评以各种形式出现。魏文帝的“论文”是在一般学术的批评的《典论》里，陆机《文赋》也许可以说是独立的文学批评的创始，他将文作为一个独立的课题来讨论。此后有了选集，这里面分别体类，叙述源流，指点得失，都是批评的工作。又有了《文心雕龙》和《诗品》两部批评专著。还有史书的文学传论，别集的序跋和别集中的书信。这些都是比较有系统的文学批评，各有各的尺度。这些尺度有的依据着“儒雅”那个标准，结果就是复古的文学，有的依据着“风流”那个标准，结果就是标新的文学。但是所谓复古，其实也还是求变化求新异，韩愈提倡古文，却主张务去陈言，戛戛独造，是最显著的例子。古文运动从独造新语上最见出成绩来。胡适之先生说文学革命都从文字或文体的解放开始，是有道理的，因为这里最容易见出改变了的尺度。现代语体文学是标新的，不是复古的，却也可以说是从文字或文体的解放开始；就从这语体上，分明的看出我们的新尺度。

这种语体文学的尺度，如一般人所公认，大部分是受了外国的影响，就是依据着种种外国的标准。但是我们的文学史中原也有这样一股支流，和那正宗的或主流的文学由分而合的相配而行。明代的公安派和竟陵派自然是这支流的一段，但这支流的渊源很古久，截取这一段来说是不正确的。汉以前我们的言和文比较接近，即使不能说是一致。从孔子“有教无类”起，教育渐渐开放给平民，受教育的渐渐多起来。这种受了教育的人也称为“士”，可是跟从前贵族的士不同，这些只是些“读书人”。士的增多影响了语言和文体，话要说得明白，说得详细，当时的著述是说话的记录，自然也是这样。这里面该有平民语调的参入，虽然我们不能确切的指出。汉代辞赋发达，主要的作为宫庭文学；后来变为远于说话的骈俪的体制，士大夫就通用这种体制。可是另一方面，游历了通都大邑名山大川的司马迁，却还用那近乎说话的文体作《史记》，古里古怪的扬雄跟"问孔"，"刺孟"的王充，也还用这种文体作《法言》和《论衡》，而乐府诗来自民间，不用问更近于说话。可见这种文体是废不掉的。就是骈俪文盛行的时代，也还有《世说新语》，记录那时代的说话。到了唐代的韩愈，提倡"气盛言宜"的古文，"气盛言宜"就是说话的调子，至少是近于说话的调子，还有语录和笔记，起于唐而盛于宋，还有来自民间的词，这些也都用着说话或近于说话的调子。东汉以来逐渐建立起来的门阀，到了唐代中叶垮了台，"寻常百姓"的士又增多起来，加上宋代印刷和教育的发达，所以那种详明如话的文体就大大的发达了。到了元明两代，又有了戏曲和小说，更是以说话体就是语体为主。公安派竟陵派接受了这股支派，努力想将它变成主流，但是这一个尝试失败了。直到现代，一个新的尝试才完成了语体文学，新文学，也就是现代文学。

从以上一段语体文学发展的简史里可以看出种种伸缩的尺度。这些尺度大体上固然不出乎"儒雅"和"风流"那两个标准，可是像语录和笔记，有些恐怕只够"儒"而不够"雅"，有些恐怕既不够"儒"也不够"雅"，不够"雅"因为用俗语或近乎俗语，不够"儒"因为只是一些细事，无关德教，也与风流不相干。汉乐府跟《世说新语》也用俗语，虽然现在已将那些俗语看作了古典。戏曲和小说有的别忠奸，寓劝惩，叙风流，固然够得上标准，有的却不够儒雅，不算风流。在过去的文学传统里，这两种本没有地位，所谓不在话下。不过我们现在得给这些不够格的分别来个交代。我们说戏曲和小说可以见人情物理，这可以叫做“观风”的尺度，《礼记》里说诗可以“观民风”，可以观风，也就拐了弯儿达到了“儒雅”那个标准。戏曲和小说不但可以观民风，还可以观士风，而观风就是写实，就是反映社会，反映时代。这是社会的描写，时代的记录。在我们看来，用不着再绕到“儒雅”那个标准之下，就足够存在的理由了。那些无关政教也不算风流的笔记，也可以这么看。这个“人情物理”或“观风”的尺度原是依据了“儒雅”那个标准定出来的，可是唐代中叶以后，这个尺度似乎已经暗地里独立运用，这已经不是上德化下的尺度而是下情上达的尺度了。人民参加着定了这个尺度，而俗语的参入文学，正与这个尺度配合着。

说是人民参加着订定文学的尺度，如上文所提到的，该起于春秋末年贵族渐渐没落平民渐渐兴起的时候。这些受了教育的平民加入了统治集团，多少还带着他们的情感和语言。这种新的士流日渐增加，自然就影响了文化的面目乃至精神。汉乐府的搜集与流行，就在这样氛围之中。韩诗解《伐木》一篇说到“饥者歌其食，劳者歌其事”。“饥者歌其食，劳者歌其事”正是“人情物理”，正是“观风”；这说明了三百篇诗的一些诗，也说明了乐府里的一些诗。“饥者歌其食，劳者歌其事”，自然周代的贵族也会如此的，可是这两句话带着浓重的平民的色彩；配合着语言的通俗，尤其可以见出。这就是前面说的“参加”，这参加倒是不自觉的。但那“人情物理”或“观风”的尺度的订定却是自觉的。汉以来的社会是士民对立，同时也是士民流通。《世说新语》里记录一些俗语，取其自然。在“风流”的标准下，一般的固然以“含英咀华”的语言为主，但是到了这时代稍加改变，取了“自然”这个尺度，也不足为怪的。

唐代中叶以后，士民间的流通更自由了，士人是更多了。于是乎“人情物理”的著作也更多。元代蒙古人压迫汉人，士大夫的地位降低下去。真正领导文坛的是一些吏人以及“书会先生”。他们依据了“人情物理”的尺度作了许多戏曲。明代士大夫的地位高了些，但是还在暴君压制之下。他们这时却恢复了文坛的领导权，他们可也在作戏曲，并且在提倡小说，作小说了。公安派竟陵派就是受了这种风气的影响而形成的。清代士大夫的地位又高了些，但是又在外族统治之下，还不能恢复元代以前的地位。他们也在作戏曲和小说，可是戏曲和小说始终还是小道，不能跟诗文并列为正宗。“人情物理”还是一种尺度，不能成为标准。但是平民对文学的影响确乎渐渐在扩大。原来士民的对立并不是严格的。尤其在文学上，平民所表现的生活还是以他们所“不能至而心向往之”的士大夫生活为标准。他们受自己的生活折磨够了，只羡慕着士大夫的生活，可又只能耐着苦羡慕着，不知道怎样用行动去争取，至多是表现在他们的文学就是民间文学里，低级趣味是免不了的，但那时他们的理想是爬上高处去。这样，士大夫的文学接受他们的影响，也算是个顺势。虽然“人情物理”和“通俗”到清代还没有成为标准，可是“自然”这尺度从晋代以来已渐渐成为一种标准。这究竟显出了人民的力量。

大清帝国改了中华民国，新文化运动新文学运动配合着“五四”运动画出了一个新时代。大家拥戴的是“德先生”和“赛先生”，就是民主与科学。但是实际上做到的是打倒礼教也就是反封建的工作。反封建解放了个人，也发现了民众，于是乎有了个人主义和人道主义；前者是实践，后者还是理论。这里得指出在那个阶段上，我们是接受了种种外国标准，而向现代化进行着。这时的社会已经不是士民的对立，而是封建的军阀官僚和人民的对立。从清末开设学校，受教育的人大量增多。士或读书人渐渐变了质，到这时一部分成为军阀和官僚的帮闲，大部分却成了游离的知识阶级。知识阶级从军阀和官僚独立，却还不能跟民众联合起来，所以是游离着。这里面大部分是青年学生。这时候的文学是语体文学，开始似乎是应用着“人情物理”“通俗”那两个尺度以及“自然”那个标准。然而“人情物理”变了质成为“打倒礼教”就是“反封建”也就是“个人主义”这个标准，“通俗”和“自然”也让步给那“欧化”的新尺度，这“欧化”的尺度后来并且也成了标准。用欧化的语言表现个人主义，顺带着人道主义，是这时期知识阶级向着现代化的路。

五卅运动接着国民革命，发展了反帝国主义运动，于是“反帝国主义”也成了文学的一种尺度。抗战起来了，“抗战”立即成了一切的标准，文学自然也在其中。胜利却带来了一个动乱时代，民主运动发展，“民主”成了广大应用的尺度，文学也在其中。这时候知识阶级渐渐走近了民众，“人道主义”那个尺度变质成为“社会主义”的尺度，“自然”又调剂着“欧化”，这样与“民主”配合起来。但是实际上做到的还只是暴露丑恶和斗争丑恶。这是向着新社会发脚的路。受教育的越来越多，这条路上的人也将越来越多，文学终于要配合上那新的“民主”的尺度向前迈进的。大概文学的标准和尺度的变换，都与生活配合着，采用外国的标准也如此。表面上好像只是求新，其实求新是为了生活的高度深度或广度。社会上存在着特权阶级的时候，他们只见到高度和深度，特权阶级垮台以后，才能见到广度。从前有所谓雅俗之分，现在也还有低级趣味，就是从高度、深度来比较的。可是现在渐渐强调广度，去配合着高度、深度，普及同时也提高，这才是新的“民主”的尺度。要使这新尺度成为文学的新标准，还有待于我们自觉的努力。

（《大公报》，三十六年）

论严肃

新文学运动的开始，斗争的对象主要的是古文，其次是“礼拜六”派或鸳鸯蝴蝶派的小说，又其次是旧戏，还有文明戏。他们说古文是死了。旧戏陈腐，简单，幼稚，嘈杂，不真切，武场更只是杂耍，不是戏。而鸳鸯蝴蝶派的小说意在供人们茶余酒后消遣，不严肃，文明戏更是不顾一切的专迎合人们的低级趣味。白话总算打倒了古文，虽然还有些肃清的工作，话剧打倒了文明戏，可是旧戏还直挺挺的站着，新歌剧还在难产之中。鸳鸯蝴蝶派似乎也打倒了，但是又有所谓“新鸳鸯蝴蝶派”。这严肃与消遣的问题够复杂的，这里想特别提出来讨论。

照传统的看法，文章本是技艺，本是小道，宋儒甚至于说“作文害道”。新文学运动接受了西洋的影响，除了解放文体以白话代古文之外，所争取的就是这文学的意念，也就是文学的地位。他们要打倒那“道”，让文学独立起来。所以对“文以载道”说加以无情的攻击。这“载道”说虽然比“害道”

说温和些，可是文还是道的附庸。照这一说，那些不载道的文就是“玩物丧志”。玩物丧志是消遣，载道是严肃。消遣的文是技艺，没有地位，载道的文有地位了，但是那地位是道的，不是文的——若单就文而论，它还只是技艺，只是小道。新文学运动所争的是，文学就是文学，不干道的事，它是艺术，不是技艺，它有独立存在的理由。

在中国文学的传统里，小说和词曲（包括戏曲）更是小道中的小道，就因为是消遣的，不严肃。不严肃也就是不正经；小说通常称为“闲书”，不是正经书。词为“诗余”，曲又是“词余”，称为“余”当然也不是正经的了。鸳鸯蝴蝶派的小说意在供人们茶余酒后消遣，倒是中国小说的正宗。中国小说一向以“志怪”“传奇”为主。“怪”和“奇”都不是正经的东西。明朝人编的小说总集有所谓“三言二拍”。“二拍”是初刻和二刻的《拍案惊奇》，重在“奇”得显然。“三言”是《喻世明言》《警世通言》《醒世恒言》，虽然重在“劝俗”，但是还是先得使人们“惊奇”，才能收到“劝俗”的效果，所以后来有人从“三言二拍”里选出若干篇另编一集，就题为《今古奇观》，还是归到“奇”上。这个“奇”正是供人们茶余酒后消遣的。

明清的小说渊源于宋朝的“说话”，“说话”出于民间。词曲（包括戏曲）原也出于民间。民间文学是被压迫的人民苦中作乐，忙里偷闲的表现，所以常常扮演丑角，嘲笑自己或夸张自己，因此多带着滑稽和诞妄的气氛，这就不正经了。在中国文学传统自己的范围里，只有诗文（包括赋）算是正经的，严肃的，虽然放在道统里还只算是小道。词经过了高度的文人化，特别是清朝常州派的努力，总算带上一些正经面孔了，小说和曲（包括戏曲）直到新文学运动的前夜，却还是丑角打扮，站在不要紧的地位。固然，小说早就有劝善惩恶的话头，明朝人所谓“喻世”等等，更特别加以强调。这也是在想“载道”，然而“奇”胜于“正”，到底不成。明朝公安派又将《水浒》比《史记》，这是从文章的“奇变”上看，可是文章在道统里本不算什么，“奇变”怎么能扯得上“正经”呢？然而看法到底有些改变了。到了清朝末年，梁启超先生指出了“小说与群治之关系”，并提倡实践他的理论的创作。这更是跟新文学运动一脉相承了。

新文学运动以斗争的姿态出现，它必然是严肃的。他们要给白话文争取正宗的地位，要给文学争取独立的地位。而鲁迅先生的第一篇小说《狂人日记》里喊出了“吃人的礼教”和“救救孩子”，开始了反封建的工作。他的《随感录》又强烈的讽刺着老中国的种种病根子。一方面人道主义也在文学里普遍的表现着。文学担负起新的使命；配合了“五四”运动，它更跳上了领导的地位，虽然不是唯一的领导的地位。于是文学有了独立存在的理由，也有了新的意念。在这情形下，词曲升格为诗，小说和戏曲也升格为文学。这自然接受了“外国的影响”，然而这也未尝不是“载道”，不过载的是新的道，并且与这个新的道合为一体，不分主从。所以从传统方面看来，也还算是一脉相承的。一方面攻击“文以载道”，一方面自己也在载另一种道，这正是相反相成，所谓矛盾的发展。

创造社的浪漫的感伤的作风，在反封建的工作之下要求自我的解放，也是自然的趋势。他们强调“动的精神”，强调

"灵肉冲突"，是依然在严肃的正视着人生的。然而礼教渐渐垮了，自我在第一次世界大战带给中国的暂时的繁荣里越来越大了，于是乎知识分子讲究生活的趣味，讲究个人的好恶，讲究身边琐事，文坛上就出现了"言志派"，其实是玩世派。更进一步讲究幽默，为幽默而幽默，无意义的幽默。幽默代替了严肃，文坛上一片空虚。一方面色情的作品也抬起了头，凭着"解放"的名字跨过了"健康"的边界，自然也跨过了"严肃"的边界。然而这空虚只是暂时的，正如那繁荣是暂时的。五卅事件掀起了反帝国主义的大潮，时代又沉重起来了。

接着是国民革命，接着是左右折磨；时代需要斗争，闲情逸致只好偷偷摸摸的。这时候鲁迅先生介绍了"一面是严肃与工作，一面是荒淫与无耻"这句话。这是时代的声音。可是这严肃是更其严肃了，单是态度的严肃，艺术的严肃不成，得配合工作，现实的工作。似乎就在这当儿有了"新鸳鸯蝴蝶派"的名目，指的是那些尽在那儿玩味自我的作家。他们自己并不觉得在消遣自己，跟旧鸳鸯蝴蝶派不同。更不同的是时代，是时代缩短了那"严肃"的尺度。这尺度还在争议之中，劈头来了抗战，一切是抗战，抗战自然是极度严肃的。可是八年的抗战太沉重了，这中间不免要松一口气，这一松，尺度就放宽了些，文学带着消消遣，似乎也是应该的。

胜利突然而来，时代却越见沉重了。"人民性"的强调，重行紧缩了"严肃"那尺度。这"人民性"也是一种道。到了现在，要文学来载这种道，倒也是"势有必至，理有固然"。不过太紧缩了那尺度，恐怕会犯了宋儒"作文害道"说的错误，目下黄色和粉色刊物的风起云涌，固然是动乱时代的颓废趋势，但是正经作品若是一味讲究正经，只顾人民性，不管艺术性，死板板的长面孔教人亲近不得，读者们恐怕更会躲向那些刊物里去。这是运用“严肃”的尺度的时候值得平心静气算计算计的。

（《中国作家》，三十六年）

论气节

气节是我国固有的道德标准，现代还用着这个标准来衡量人们的行为，主要的是所谓读书人或士人的立身处世之道。但这似乎只在中年一代如此，青年代倒像不大理会这种传统的标准，他们在用着正在建立的新的标准，也可以叫做新的尺度。中年代一般的接受这传统，青年代却不理会它，这种脱节的现象是这种变的时代或动乱时代常有的。因此就引不起什么讨论。直到近年，冯雪峰先生才将这标准这传统作为问题提出，加以分析和批判，这是在他的《乡风与市风》那本杂文集里。

冯先生指出“士节”的两种典型：一是忠臣，一是清高之士。他说后者往往因为脱离了现实，成为“为节而节”的虚无主义者，结果往往会变了节。他却又说“士节”是对人生的一种坚定的态度，是个人意志独立的表现。因此也可以成就接近人民的叛逆者或革命家，但是这种人物的造就或完成，只有在后来的时代，例如我们的时代。冯先生的分析，笔者大体同意；对这个问题笔者近来也常常加以思索，现在写出自己的一些意见，也许可以补充冯先生所没有说到的。

气和节似乎原是两个各自独立的意念。《左传》上有“一鼓作气”的话，是说战斗的。后来所谓“士气”就是这个气，也就是“斗志”，这个“士”指的是武士。孟子提倡的“浩然之气”，似乎就是这个气的转变与扩充。他说“至大至刚”，说“养勇”，都是带有战斗性的。“浩然之气”是“集义所生”，“养”就是“有理”或“公道”。后来所谓“义气”，意思要狭隘些，可也算是“浩然之气”的分支。现在我们常说的“正义感”，虽然特别强调现实，似乎也还可以算是跟“浩然之气”联系着的。至于文天祥所歌咏的“正气”，更显然跟“浩然之气”一脉相承。不过在笔者看来两者却并不完全相同，文氏似乎在强调那消极的节。

节的意念也在先秦时代就有了，《左传》里有“圣达节，次守节，下失节”的话。古代注重礼乐，乐的精神是“和”，礼的精神是“节”。礼乐是贵族生活的手段，也可以说是目的。他们要定等级，明分际，要有稳固的社会秩序，所以要“节”，但是他们要统治，要上统下，所以也要“和”。礼以“节”为主，可也得跟“和”配合着；乐以“和”为主，可也得跟“节”配合着。节跟和是相反相成的。明白了这个道理，我们可以说所谓“圣达节”等等的“节”，是从礼乐里引申出来成了行为的标准或做人的标准；而这个节其实也就是传统的“中道”。按说“和”也是中道，不同的是“和”重在合，“节”重在分；重在分所以重在不犯不乱，这就带上消极性了。

向来论气节的，大概总从东汉末年的党祸起头。那是所谓处士横议的时代。在野的士人纷纷的批评和攻击宦官们的贪污政治，中心似乎在太学。这些在野的士人虽然没有严密的组织，却已经在联合起来，并且博得了人民的同情。宦官们害怕了，于是乎逮捕拘禁那些领导人。这就是所谓“党锢”或“钩党”，“钩”是“钩连”的意思。从这两个名称上可以见出这是一种群众的力量。那时逃亡的党人，家家愿意收容着，所谓“望门投止”，也可以见出人民的态度，这种党人，大家尊为气节之士。气是敢作敢为，节是有所不为——有所不为也就是不合作。这敢作敢为是以集体的力量为基础的，跟孟子的“浩然之气”与世俗所谓“义气”只注重领导者的个人不一样。后来宋朝几千大学生请愿罢免奸臣，以及明朝东林党的攻击宦官，都是集体行动，也都是气节的表现。但是这种表现里似乎积极的“气”更重于消极的“节”。

在专制时代的种种社会条件之下，集体的行动是不容易表现的，于是士人的立身处世就偏向了“节”这个标准。在朝的要做忠臣。这种忠节或是表现在冒犯君主尊严的直谏上，有时因此牺牲性命；或是表现在不做新朝的官甚至以身殉国上。忠而至于死，那是忠而又烈了。在野的要做清高之士，这种人表示不愿和在朝的人合作，因而游离于现实之外；或者更逃避到山林之中，那就是隐逸之士了。这两种节，忠节与高节，都是个人的消极的表现。忠节至多造就一些失败的英雄，高节更只能造就一些明哲保身的自了汉，甚至于一些虚无主义者。原来气是动的，可以变化。我们常说志气，志是心之所向，可以在四方，可以在千里，志和气是配合着的。节却是静的，不变的，所以要“守节”，要不“失节”。有时候节甚至于是死的，死的节跟活的现实脱了榫，于是乎自命清高的人结果变了节，冯雪峰先生论到周作人，就是眼前的例子。从统治阶级的立场看，“忠言逆耳利于行”，忠臣到底是卫护着这个阶级的，而清高之士消纳了叛逆者，也是有利于这个阶级的。所以宋朝人说“饿死事小，失节事大”，原先说的是女人，后来也用来说士人，这正是统治阶级代言人的口气，但是也表示着到了那时代士的个人地位的增高和责任的加重。

“士”或称为“读书人”，是统治阶级最下层的单位，并非“帮闲”。他们的利害跟君相是共同的，在朝固然如此，在野也未尝不如此。固然在野的处士可以不受君臣名分的束缚，可以“不事王侯，高尚其事”，但是他们得吃饭，这饭恐怕还得靠农民耕给他们吃，而这些农民大概是属于他们做官的祖宗的遗产的。“躬耕”往往是一句门面话，就是偶然有个把真正躬耕的如陶渊明，精神上或意识形态上也还是在负着天下兴亡之责的士，陶的《述酒》等诗就是证据。可见处士虽然有时横议，那只是自家人吵嘴闹架，他们生活的基础一般的主要的还是在农民的劳动上，跟君主与在朝的大夫并无两样，而一般的主要的意识形态，彼此也是一致的。

然而士终于变质了，这可以说是到了民国时代才显著。从清朝末年开设学校，教员和学生渐渐加多，他们渐渐各自形成一个集团；其中有不少的人参加革新运动或革命运动，而大多数也倾向着这两种运动。这已是气重于节了。等到民国成立，理论上人民是主人，事实上是军阀争权。这时代的教员和学生意识着自己的主人身分，游离了统治的军阀，他们是在野，可是由于军阀政治的腐败，却渐渐获得了一种领导的地位。他们虽然还不能和民众打成一片，但是已经在渐渐的接近民众。“五四”运动划出了一个新时代。自由主义建筑在自由职业和社会分工的基础上。教员是自由职业者，不是官，也不是候补的官。学生也可以选择多元的职业，不是只有做官一路。他们于是从统治阶级独立，不再是“士”或所谓“读书人”，而变成了“知识分子”，集体的就是“知识阶级”。残余的“士”或“读书人”自然也还有，不过只是些残余罢了。这种变质是中国现代化的过程的一段，而中国的知识阶级在这过程中也曾尽了并且还在想尽他们的任务，跟这时代世界上别处的知识阶级一样，也分享着他们一般的运命。若用气节的标准来衡量，这些知识分子或这个知识阶级开头是气重于节，到了现在却又似乎是节重于气了。

知识阶级开头凭着集团的力量勇猛直前，打倒种种传统，那时候是敢作敢为一股气。可是这个集团并不大，在中国尤其如此，力量到底有限，而与民众打成一片又不容易，于是碰到集中的武力，甚至加上外来的压力，就抵挡不住。而一方面广大的民众抬头要饭吃，他们也没法满足这些饥饿的民众。他们于是失去了领导的地位，逗留在这夹缝中间，渐渐感觉着不自由，闹了个“四大金刚悬空八只脚”。他们于是只能保守着自己，这也算是节罢，也想缓缓的落下地去，可是气不足，得等着瞧。可是这里的是偏于中年一代。青年代的知识分子却不如此，他们无视传统的“气节”，特别是那种消极的“节”，替代的是“正义感”，接着“正义感”的是“行动”，其实“正义感”是合并了“气”和“节”，“行动”还是

“气”。这是他们的新的做人的尺度。等到这个尺度成为标准，知识阶级大概是还要变质的罢？

（《知识与生活》，三十六年）

论吃饭

我们有自古流传的两句话：一是“衣食足则知荣辱”，见于《管子·牧民》篇，一是“民以食为天”，是汉朝郦食其说的。这些都是从实际政治上认出了民食的基本性，也就是说从人民方面看，吃饭第一。另一方面，告子说，“食色，性也”，是从人生哲学上肯定了食是生活的两大基本要求之一。《礼记·礼运》篇也说到“饮食男女，人之大欲存焉”，这更明白。照后面这两句话，吃饭和性欲是同等重要的，可是照这两句话里的次序，“食”或“饮食”都在前头，所以还是吃饭第一。

这吃饭第一的道理，一般社会似乎也都默认。虽然历史上没有明白的记载，但是近代的情形，据我们的耳闻目见，似乎足以教我们相信从古如此。例如苏北的饥民群到江南就食，差不多年年有。最近天津《大公报》登载的费孝通先生的《不是崩溃是瘫痪》一文中就提到这个。这些难民虽然让人们讨厌，可是得给他们饭吃。给他们饭吃固然也有一二成出于慈善心，就是恻隐心，但是八九成是怕他们，怕他们铤而走险，“小人穷斯滥矣”，什么事做不出来！给他们饭吃，江南人算是认了。

可是法律管不着他们吗？官儿管不着他们吗？干吗要怕要认呢？可是法律不外乎人情，没饭吃要吃饭是人情，人情不是法律和官儿压得下的。没饭吃会饿死，严刑峻罚大不了也只是个死，这是一群人，群就是力量，谁怕谁！在怕的倒是那些有饭吃的人们，他们没奈何只得认点儿。所谓人情，就是自然的需求，就是基本的欲望，其实也就是基本的权利。但是饥民群还不自觉有这种权利，一般社会也还不会认清他们有这种权利，饥民群只是冲动的要吃饭，而一般社会给他们饭吃，也只是默认了他们的道理，这道理就是吃饭第一。

三十年夏天笔者在成都住家，知道了所谓“吃大户”的情形。那正是青黄不接的时候，天又干，米粮大涨价，并且不容易买到手。于是乎一群一群的贫民一面抢米仓，一面“吃大户”。他们开进大户人家，让他们煮出饭来吃了就走。这叫做“吃大户”。“吃大户”是和平的手段，照惯例是不能拒绝的，虽然被吃的人家不乐意。当然真正有势力的尤其有枪杆的大户，穷人们也识相，是不敢去吃的。敢去吃的那些大户，被吃了也只好认了。那回一直这样吃了两三天，地面上一面赶办平粜，一面严令禁止，才打住了。据说这“吃大户”是古风；那么上文说的饥民就食，该更是古风罢。

但是儒家对于吃饭却另有标准。孔子认为政治的信用比民食更重，孟子倒是以民食为仁政的根本；这因为春秋时代不必争取人民，战国时代就非争取人民不可。然而他们论到士人，却都将吃饭看做一个不足重轻的项目。孔子说，“君子固穷”，说吃粗饭，喝冷水、“乐在其中”，又称赞颜回吃喝不够，“不改其乐”。道学家称这种乐处为“孔颜乐处”，他们教人“寻孔颜乐处”，学习这种为理想而忍饥挨饿的精神。这理想就是孟子说的“穷则独善其身，达则兼善天下”，也就是所谓“节”和“道”。孟子一方面不赞成告子说的“食色，性也”，一方面在论“大丈夫”的时候列入了“贫贱不能移”一个条件。战国时代的“大丈夫”，相当于春秋时的“君子”，都是治人的劳心的人。这些人虽然也有饿饭的时候，但是一朝得了时，吃饭是不成问题的，不像小民往往一辈子为了吃饭而挣扎着。因此士人就不难将道和节放在第一，而认为吃饭好像是一个不足轻重的项目了。

伯夷、叔齐据说反对周武王伐纣，认为以臣伐君，因此不食周粟，饿死在首阳山。这也是只顾理想的节而不顾吃饭的。配合着儒家的理论，伯夷、叔齐成为士人立身的一种特殊的标准。所谓特殊的标准就是理想的最高的标准；士人虽然不一定人人都要做到这地步，但是能够做到这地步最好。

经过宋朝道学家的提倡，这标准更成了一般的标准，士人连妇女都要做到这地步。这就是所谓“饿死事小，失节事大”。这句话原来是论妇女的，后来却扩而充之普遍应用起来，造成了无数的惨酷的愚蠢的殉节事件。这正是“吃人的礼教”。人不吃饭，礼教吃人，到了这地步总是不合理的。

士人对于吃饭却还有另一种实际的看法。北宋的宋郊、宋祁兄弟俩都做了大官，住宅挨着。宋祁那边常常宴会歌舞，宋郊听不下去，教人和他弟弟说，问他还记得当年在和尚庙里咬菜根否？宋祁却答得妙：请问当年咬菜根是为什么来着！这正是所谓“吃得苦中苦，方为人上人”。做了“人上人”，吃得好，穿得好，玩儿得好，“兼善天下”于是成了个幌子。照这个看法，忍饥挨饿或者吃粗饭、喝冷水，只是为了有朝一日可以大吃大喝，痛快的玩儿。吃饭第一原是人情，大多数士人恐怕正是这么在想。不过宋郊、宋祁的时代，道学刚起头，所以宋祁还敢公然表示他的享乐主义；后来士人的地位增进，责任加重，道学的严格的标准掩护着也约束着在治者地位的士人，他们大多数心里尽管那么在想，嘴里却就不敢说出。嘴里虽然不敢说出，可是实际上往往还是在享乐着。于是他们多吃多喝，就有了少吃少喝的人；这少吃少喝的自然是被治的广大的民众。

民众，尤其农民，大多数是听天由命安分守己的，他们惯于忍饥挨饿，几千年来都如此。除非到了最后关头，他们是不会行动的。他们到别处就食，抢米，吃大户，甚至于造反，都是被逼得无路可走才如此。这里可以注意的是他们不说话；“不得了”就行动，忍得住就沉默。他们要饭吃，却不知道自己应该有饭吃；他们行动，却觉得这种行动是不合法的，所以就索性不说什么话。说话的还是士人。他们由于印刷的发明和教育的发展等等，人数加多了，吃饭的机会可并不加多，于是许多人也感到吃饭难了。这就有了“世上无如吃饭难”的慨叹。虽然难，比起小民来还是容易。因为他们究竟属于治者，“百足之虫，死而不僵”，有的是做官的本家和亲戚朋友，总得给口饭吃；这饭并且总比小民吃的好。孟子说做官可以让“所识穷乏者得我”，自古以来做了官就有引用穷本家穷亲戚穷朋友的义务。到了民国，黎元洪总统更提出了“有饭大家吃”的话。这真是“菩萨”心肠，可是当时只当作笑话。原来这句话说在一位总统嘴里，就是贤愚不分，赏罚不明，就是糊涂。然而到了那时候，这句话却已经藏在差不多每一个士人的心里。难得的倒是这糊涂！

第一次世界大战加上“五四”运动，带来了一连串的变化，中华民国在一颠一拐的走着之字路，走向现代化了。我们有了知识阶级，也有了劳动阶级，有了索薪，也有了罢工，这些都在要求“有饭大家吃”。知识阶级改变了士人的面目，劳动阶级改变了小民的面目，他们开始了集体的行动；他们不能再安贫乐道了，也不能再安分守己了，他们认出了吃饭是天赋人权，公开的要饭吃，不是大吃大喝，是够吃够喝，甚至于只要有吃有喝。然而这还只是刚起头。到了这次世界大战当中，罗斯福总统提出了四大自由，第四项是“免于匮乏的自由”。“匮乏”自然以没饭吃为首，人们至少该自免于没饭吃的自由。这就加强了人民的吃饭权，也肯定了人民的吃饭的要求，这也是“有饭大家吃”，但是着眼在平民，在全民，意义大不同了。

抗战胜利后的中国，想不到吃饭更难，没饭吃的也更多了。到了今天一般人民真是不得了，再也忍不住了，吃不饱甚至没饭吃，什么礼义什么文化都说不上。这日子就是不知道吃饭权也会起来行动了，知道了吃饭权的，更怎么能够不起来行动，要求这种“免于匮乏的自由”呢？于是学生写出“饥饿事大，读书事小”的标语，工人喊出“我们要吃饭”的口号。这是我们历史上第一回一般人民公开的承认了吃饭第一。这其实比闷在心里糊涂的骚动好得多。这是集体的要求，集体是有组织的，有组织就不容易大乱了。可是有组织也不容易散；人情加上人权，这集体的行动是压不下也打不散的，直到大家有饭吃的那一天。

（上海《大公报》，三十六年）